U0164440

祝君

旅陶

愉快

Lee Ocarina

李文聰

著

此書謹獻給將於二零二二年八月踏入十四歲的小兒。

　　請注意，它既是一份禮物，也是一厥有「年限」的祝福，「年限」由二零二二至二零五二年。

　　只因三十年後，君之人生旅途，一定已經比我走得更高、更遠、更精彩，你不必、不須、更不應再為擁有這麼一個「超平凡」的老父而感到自豪，是時候由你的兒女為擁有這麼一個不平凡的父親而感到自豪！我確信你做得到。

目錄

李文聰 Lee Ocarina 陶笛事件簿

　　李文聰——香港著名陶笛演奏家，世界最大陶笛生產商【風雅陶笛】之香港區代言人，是香港史上首位複管陶笛演奏家，多次於亞洲陶笛節、上海風雅國際陶笛節等大型國際陶笛節代表香港獨奏演出，曾於酒店擔任駐場古典結他手及長笛手，曾獲 Fitmax、香港賽馬會、江西同鄉會、聖約翰救傷隊總部等機構邀請擔任春茗晚宴之表演嘉賓，譽滿中、港、台陶笛界。

　　古典結他師承香港古典結他大師黃文錦先生。

2012 年
- 開辦教室 Lee Ocarina Studio
- 獲台灣陶笛文化協會委任榮譽理事一職。
- 於北京考獲中國民族管弦樂學會陶笛考級教師證書（該考試已通過國家文化考試局認證）。

2013 年

- 獲邀拍攝【風雅陶笛】陶笛視頻。
- 獲【風雅陶笛】委任香港區專職陶笛導師一職。

2014 年

- 【風雅陶笛】發行 100 支限量版李文聰簽名陶笛 Lee Ocarina。
- 開設全球首間陶笛主題素食咖啡店 Lee Ocarina Café。
- 獲邀到北京大學百年會堂，於「國際陶笛名家音樂會」代表香港獨奏演出。
- 獲邀於亞洲陶笛節代表香港獨奏演出。
- 獲邀到演藝學院參與沙畫音樂會「鳥藍飛」演出，負責陶笛、結他演奏及作曲。
- 原創陶笛作品《好時節》於 TVB 節目《開心老友記》及新城電台節目內播出。
- 獲邀於北京舉辦的「亞洲陶笛藝術交流大會」擔任宣講專家。

2015 年
- 獲邀參演舞台劇《詩與暴》，負責陶笛、結他演奏及作曲。
- 獲邀到香港賽馬會貴賓廳擔任陶笛及古典結他表演嘉賓，獲 CEO 應嘉柏先生點名讚賞。

2018 年
- 獲 Viu TV 節目《區區有樂》邀請接受專訪。

2019 年
- 獲 Yahoo 邀請接受專訪。

2020 年
- 獲 Viu TV 邀請參與《調教你男友》節目之陶笛部分。

2021 年
- 獲【風雅陶笛】委任為「香港區代言人」。

2022 年

- 出版個人第一本散文集《祝君旅陶愉快》。

李文聰 Lee Ocarina IG

推薦序（一）

喧囂中
細細品味生活的李文聰

在資訊爆炸，淺盤文化盛行的當下，李老師無疑是值得我尊敬及深交的朋友。不把「真善美」當成文青口中，隨時可以丟棄的華麗詞藻，而是身體力行地去實踐，努力完成生命的每一步。

人生如蜉蝣，找到自己安身立命的支點，在利人利己的原則下，誠實面對自己，完成自己，是大家都明瞭，卻也是很多人都停留在「說」這個層次的事情。我的朋友——李文聰，身體力行的實踐者，正是一個絕佳的典範！

石懷斌
風雅陶笛
Focalink 禾豐窯

備註：石懷斌先生來自台灣，乃「風雅陶笛」兄弟廠——台灣「Focalink 禾豐窯」老闆，跟「風雅陶笛」老闆許榮長先生份屬表兄弟。

推薦序（二）

「陶」上有緣人

　　也許是我人細鬼大，更應該是歌曲旋律優美歌詞動人，所以小時候第一首懂得唱的合唱歌，就是關正傑、雷安娜的《人在旅途灑淚時》。「明白世途，多麼險阻，令你此時，三心兩意⋯⋯」少不更事的我，當然不明白甚麼是「世途險阻」，但「三心兩意」，自己總曾體會過。

　　所以當文聰告訴我，他的第一本書，名為《祝君旅陶愉快》，腦子裏第一下浮現的，就是「陶」和「途」。

　　作為香港土生土長的一代，大學畢業後，就投入傳媒工作，歷廿多個寒暑，每星期最少寫一個故事，每個故事訪問最少四個人，一年有五十二個星期，保守估計，我的被訪者，不會少於四千人。文聰，就是我傳媒途上，相知相遇的四千分之一。

　　第一次接觸文聰，是二零一四年十二月，到南丫島搜集資料時。對，如果時間許可，還有「荷包」銀兩充足，我都會先造訪一次。我記得，那是一個平日的下午，他的陶笛咖啡店，就在大街旁一個毫不顯眼的位置，沒有搶眼的招牌、沒有節拍強勁的音樂，推開那一道門，只見擺放了各式陶笛，應該是我從未見過的多！耳邊傳來的，是柔和的音樂、淡淡的咖啡香，還有，那個我已忘了是在看書、玩結他，還是練習拉花咖啡的他。

　　跟一般的被訪者不同，文聰總好像是冷冷的，有一句沒一句，潛台詞好像是：「你懂就懂，你不懂我也沒法，我不會解釋也不會介懷。」我相信，他是將能量保留給他熱愛的東西，如音樂，如妻子，如兒子。我每次見到文聰，還有他那溫柔漂亮的太太、乖巧善

良的兒子，我就想，他究竟是甚麼人，會這樣的幸運，過着如斯愜意的生活。

看過他這本書的文章後，我明白了。

當近年常聽到人說：「貧窮限制了想像。」文聰正正用生命說「不」！在第一章中，他說：「夢，是實踐出來的，不是追出來的。」能限制想像、扼殺夢想的，只有你自己，而文聰，就身體力行告訴讀者們，如何由庇護工場導師、樂器老師，到創造自己的天地，一步一步，實踐夢想。所以，我明白為甚麼他的兒子是這樣閑靜好學，成人們在傾談時，他會一個人安靜地在一旁看書，與我兩個小嘴巴由早到晚說和吃個不停的兒子，簡直是兩極。因為他家裡沒有電視，加上他夫妻倆早奉行素食主義，不煙不酒，生活淡泊，熱愛音樂、藝術，有這樣的楷模，當然不會像我這無規無矩的媽媽教出一雙猴子！

在這個紙媒衰落，文字電子化，實體書鮮有人問津的時代，文聰願意在百忙中抽空寫作，留下文字記錄，這誠意、這對創作的熱情，此時此刻，實在是彌足珍貴。

曾經，我們有語言，就有字，有字，就有文章。

今天，我們仍然有語言、有字，但文章，卻已被繽紛的影像逼到邊緣。但正由於影像太過有力，卻沖走了隨文字而來的想像，「夢」，不要說實踐，如何營造「夢」，也成了問號。

謝謝文聰，謝謝你的文字，謝謝你的堅持，希望以後，能在人生的途上，繼續跟你用文字結緣。

加油！

Ada Cheng
（曾任《忽然 1 周》、《TVB 周刊》編輯）
二零二二年一月十五日（辛丑年臘月十五）
寫於英國諾定咸

推薦序（三）

．

　　李文聰先生，我尊稱他為「文聰老師」或直呼「老師」。

　　認識老師其實有點迂迴和特別。

　　約十年前，從網上觀看到一位演奏家用「陶笛」樂器，奏了一曲《天空之城》。一瞬間，樂器奏出的聲音已令我感心動耳。而因為想了解「它」多一點，自己更專誠去了北京學習。

　　回港後，才留意到網絡平台有一位出色的香港陶笛演奏家李文聰老師，老師餘音裊裊的演奏，其音樂造詣之高，使我對陶笛留下更深刻的印象，之後便成為老師莘莘學子之一。

　　人不可有傲氣，但不可無傲骨。認識文聰老師越久，越會覺得老師對生活有點態度，絕對有不為五斗米而折腰的性格。無論從工作、生活，都會有他自己的觀點，是一位不折不扣的藝術家。

　　老師除了致力春風化雨薰陶新一代，為了推廣陶笛的發展，更用心經營了一間「陶笛咖啡店」，定期開辦一些工作坊和演奏會，孜孜不倦的讓學生對陶笛有更深的了解和認識。

　　當知道文聰老師將會籌備出書，分享他個人經歷和感受，我翹首以待老師怎樣透過「音樂和人生」的互相交流，引領我們一同走進這位土生土長的藝術家的奇妙音樂世界。

陳旭達（Cantile Chan）

Fitmax 行政總裁、健身室設計師

推薦序（四）

　　愛生活、愛音樂、愛陶笛。——這是我想送給李文聰先生和各位讀者的三個「愛」。

　　在北京舉辦的兩次陶笛活動中，因工作關係，認識了李文聰。這三個「愛」，也就是李先生給我的印象。

　　首先，我認為熱愛生活，是每個人的權利和義務。每個人的生活都不一樣，有順心時，也有背運期。但是，無論生活如何虐待我們，我們都應該笑着面對生活。從李文聰的文字間隙裡，我看出了：他的生活也不是一帆風順，甚至遇到的困難、挫折和迷茫的時候比很多人更多，但他始終熱愛生活，始終充滿信心，於是他可以一次又一次戰勝自己，成為生活的主人。在一個小島上，經營一個充滿音樂的小小陶笛咖啡屋，正如他說的「落花不會停留」，每一天都是幸福自信

滿滿，何嘗不是這種體驗？又正如我在網上讀過的一個小段子：某君看到女生精心裝扮、佈置租來的房子時，不禁好奇：「你這是租來的房子，為何花那麼多心思？」小女生回答：「房子雖然是租來的，我的生活可不是租來的呀。」這就是「生活虐我千遍，我待生活如初戀」的人生態度。

其次，熱愛音樂的人會更熱愛生活。音樂中無盡的可能性，能使人對探索、創造充滿信心，對未來、前途充滿嚮往。我們生活的世界天天都在發生變化，人類也正因為具有不停探索的精神，才成為了地球的主宰者。我們知道，大部分的文化學科，都具有唯一的標準答案。音樂卻不然，作為一門藝術，只有更好，沒有最好。浪漫主義音樂最精髓的一句話就是 "If I'm not better, at least I'm different."（如果我沒有更好，至少我是不一樣的）。可見，不苟同、求創新，是音樂給予我們的生活態度。我想，這就是音樂能成為激發科學創造靈感的最佳催化劑的原因。所以，熱愛音樂的人，一定是有理性、有追求、喜歡探索的人。

第三，熱愛陶笛的人，生活一定更精彩。陶笛，具有深厚的中華民族文化內涵，又融入了西方藝術家

們的智慧。近年來，陶笛已經成了風靡世界的小樂器。
雖然它沒有鋼琴的音域那麼寬廣，也沒有豎琴的音色
那麼華麗，但它卻有非常朴實耐聽的聲音和五彩繽紛
的造型。更重要的是，它具有方便攜帶和容易學習的
優勢，讓所有年齡層次的學習者都可以隨時隨地玩起
音樂來！當然，還有最重要的一點，就是陶笛的製造
材料，和我們人類的軀體完全相同——都是泥土製造
的呀！無論是西方的上帝造人說，還是東方的女媧造
人說，其使用的材料都是泥土，都來自大地！來自大
地的聲音，自然容易引起人類的共鳴。那麼，選擇陶
笛，不正正選擇了一件可終身相伴、最有共鳴的樂器
嗎？

　　好了，我就寫到這裡啦！祝李文聰先生的陶笛音
樂生活有更多的精彩和不同！快拿起陶笛玩去吧！讓
我們一起愛生活、愛音樂、愛陶笛！

賴達富

中國民族管弦樂學會陶笛藝術委員會會長
中國石油大學（北京）藝術及體育學院教授
二零二二年二月寫於上海

自序 之
十年滋養

　　回首十六年前，剛剛全職投身音樂人行列，親朋好友爭相給我獻上最衷心的祝福。

　　但眾人尚未開口，我誠然心中有數。再精彩，不離六個大字：「祝你桃李滿門。」

　　可能因為一個「陶」字吧！

　　窩心歸窩心，現實歸現實，對於一個人均學歷滿分的國際級都市，不能說不是一種刻骨的諷刺。

　　一個都市裡，當人人以證書為榮，當市場對考級導師之需求與掌聲遠遠大於舞台上的專業樂手，香港，在不知不覺之中，順理成章發展成一個金玉其外的考試之都。

但我從不習慣向命運低頭。

陶笛——一件已經發展多年，仍然經常被誤解和低估的樂器，要大幅改變它的命途，我必須做前人未曾做過的事，而且要做別人沒有能力辦得到的事。

這本創新概念的、橫跨音樂與自傳與文學與新詩的散文集，開始動筆於十年前，當年僅完成四份之一，未能一揮而就，尚未萌生正式出版的念頭，遂把手稿隨手放於 Lee Ocarina Café，雅俗共賞。

誰知有位中年女怪客，偷偷摸摸右手翻頁，左手捏著手機，對牢我的文字逐頁逐頁拍攝「大頭點照」。我下令她把照片刪除的同時，揮慧劍，斬情絲，把文集從咖啡廳下架，狠下決心，他朝誓要完成未了的四份之三，正式出版。

可是後來沉醉於奔波之中，不知不覺渾忘了對自己的承諾。

直到本市「疫症」空降，幾乎所有演奏工作暫停。有人選擇忙裡偷閒，我卻靜極思動，閒裡找忙，再次揮筆。

　　你覺得十年太長，我感激十年滋養。十年時間，我嘗試學習不再逞強，任由歲月去豐富我的想像。

　　君不聞高行健以七年完成《靈山》，李汝珍花了三十年才完成《鏡花緣》？我，向大師們取取經，取其中庸之道罷了。

　　其實，我不單對自己有要求，對讀者同樣有要求！在我心目中，你們每一位所擔當的，不僅是消費者，你專注的、沉默的氣息，是我作品的一部分！

　　我作為一位音樂人，多年來習慣用聲音傳遞感情，這次放下樂器，化身文字嚮導，對我來說，無疑是一個嶄新的里程碑。不論結果如何，身為藝術工作者，早已學會不為不明白我的人而發愁，我寧願慶幸眾人皆醉的時候世上還有獨醒的知心好友。

　　笛卡爾說：「征服你自己，而不要征服全世界。」《論語》云：「君子病無能焉，不病人之不己知也。」如果要我用兩句說話，來概括我給讀者的誠意，就是八萬字的篇幅之中，我絕不容許自己寫下一篇行貨。

　　全書共分五個章節，每個章節風格迥異，例如《陶笛家的‧少年時代》與《低一點的國度》，均屬自傳體文章，但是後者，我用了章回小說的手法，記述了一段歷時兩年、對我來說有今生沒來世的動人時光。其中第七回及最終回，每次重讀，依然感觸良多。

　　《給朋友——這麼遠那麼近》、《陶笛家的‧單車之旅》及《愛的保留》，分別贈予三位女士，散佈於三個不同章節，是我本書花耗時間最長的三篇文章。

　　其餘章節的特色，留待諸位自己發掘。

　　陶笛，勉強透過文字形容，似婀娜多姿但滿身小姐脾氣的懷春少女。你沒有足夠耐性、包容、心思、智慧，便難以猜得透少女心事。本書內容，大部分和陶笛並無直接關係，但陶笛和我，在許多人心目中早已是一個等號。因此，早於二零一三年，我已順應「民意」，把「Ocarina」一字加到我的名字之中。信不信由你，諸位只消細心品嚐，必定能夠從我的字裡行間，讀得出音樂的韻律跟陶笛的味道。

　　那麼，懇請各位翻閱本書之時，就如同聽我吹奏一樣，先調整一下心情：如果閣下心中還有一杯水，請棄掉它；心中有一道牆，請拆掉它；有一點人間煙火，請熄滅它；有一抹淚痕，請擦掉它；有一點煩惱，請忘記它；有一絲興奮，也請先收起，善用你體內每一個細胞和每一根神經，感受一位陶笛音樂人未至於嘔心瀝血未至於文豪上身卻誠意十足的文字作品。

　　贈人以言，重於金石珠玉。閱讀內文之前，不妨來些新意，祝我新書熱賣，我祝‧君‧旅‧陶‧愉‧快。

李文聰 Lee Ocarina

第一部份

陶笛家的

少年

時代

夢，是實踐出來的，不是追出來的。

陶笛家的・單車之旅——
贈林瑞禎

　　見過天地，才真正見到自己。走過舞台上的輝煌燦爛，我衷心向年少時的記憶說：「原來是你最珍貴。」

　　回想少年時候堅持音樂夢，儼如一場異國單車之旅。

　　出門之前，搜尋資訊，預訂機票，研究地圖，選定路線，確立目標，收拾細軟，整裝待發。

　　站在起跑線上，期望四平八穩，無非一個「勇」字，哪怕山一程水一程，哪怕長征三萬六千里，只消逢山開路遇水搭橋，憑著打不死的信心昂首上路。即使有天三餐不繼，風餐露宿，必須承諾自己莫吃愁眉飯，得吃開眉粥。

　　正是「鶯花猶怕春光老，豈可教人枉度春？」

　　奈何，一鼓作氣之燼，變得奄奄一息，內心難免忐忑。

　　天涯鄉路，人生路不熟。一天，在離開偌大森林之前，我目送酷似蛋黃的落日，一點一點溶化於地平線裡。

　　夜闌人靜，蝙蝠呀呀鳴，貓頭鷹呼呼喚，偶爾腳邊跳出一只盧文氏樹蛙，草木皆兵之下，我赫然以為是眼鏡蛇！

　　任你如何伸盡手臂，終點依舊不知其幾千里也。

　　每一跬步，我如履薄冰，一邊借助大生找材必有用等等至理名言，來壯壯膽子。

　　事實上，吾過慮了，世間哪有懷才不遇這回事情？我尚未踏破鐵鞋，未遇見第一線晨光，已然尋獲連綿單車徑！

　　少頃，遠方傳來一聲嘹亮的雞鳴。

　　在微涼之秋風下，我輕鬆涉過萬水千山，開始貪婪地偷看沿途的風光，景物越是陌生，人便加倍興奮。

漸漸，即使路人裝扮比你光鮮，體型比你高挑，一樣相信自己非同凡享，心裡高呼他是行人我是車主！

正是人不輕狂枉少年！此時的我真正相信，若有真本事，就像放於口袋裡的錐子，早晚會鑽出來！

正午，太陽贈我一盆火，額角賜我陣陣雨，但對於躊躇滿志的我，又算得上甚麼？蹬順了，逢人越人，見車超車，宛若穿花蝴蝶，壓根兒不將任何人放在眼裡！

心花怒放的時候，我還故意提起手背，把臉上的汗水用力擦往空氣，趁機向世人展示何謂豪邁與不羈！

如此數天，快活過神仙。

哈哈！樂極容易忘形，上天自會嚴懲！

一夜，正當我輕輕吟誦：「春風得意馬蹄疾，一日看盡長安花」，忽見前方人山人海，萬燈爭輝，不問自知，已然誤闖繁華夜都市。我蛇腰擺動，我左閃右避，才轉入車道，以為鬆一口氣，又見幾部摩托，

在人馬騰踏間，轆轆聲撲面而來，然後逐一擦肩而過，這一秒鐘才消失於彎角，下一秒鐘又不斷有車子從後接力，留下灰塵之多，好比百千善信齊集天后宮輪流燒香火！

六月債，還得快。在煙燻的籠罩下，剛滿瀉的傲氣，都不知泄漏到何處去也。莫道客貨車與雙層巴，即使區區開篷小寶馬，我頓時淪為嶙峋怪石下的小小螻蟻。

夜色不解溫柔，前路寸步難行，但覺腕上錶針，像蹣跚的老人，轉一小個圈，要一世紀那樣長。

自顧風前影，明明緩緩挪移，感覺卻在後退。

折騰三兩夜，我發現，此處，似乎不分晝夜：晚上歌舞昇平，白日熙來攘往。我問旁人：「若要穿越此地，抵達ＸＸ市，尚餘幾里？」

旁人雙目睜得老大，似笑非笑，貼近我，吟詠：「蓬萊不可到，弱水三萬里。」

甚麼？！我縱使不相信，亦再難言自信。

　　既然莫衷一是，唯有暫住旅店，再決定究竟繼續上路，還是順著來時的路，黯然歸去。

　　室內，傳來陣陣撲鼻的梔子花香，窗邊的霓虹燈，似懸浮在半空五彩繽紛的衣裳。可是，我無心欣賞，每一個晚上，睡得非常非常不穩，時常夢見小天使力戰撒旦。我在半夢半醒之間，毅然向小天使施以援手，然後大戰一百二十個回合！

　　天人交戰，戰了又醒，睡了再戰，就在僵持不下的時候，我忽爾覺醒！假使一句命途多舛，縱容自己兩手空空，不只被世人嘲笑你真旅遊假追夢，更難以向當初浩然正氣得尤如三流武俠小說主角般，跟天與地山盟海誓，說不介意顛沛流離，不懼怕荊棘滿途的自己交待！

　　土氣當潮流，點滴在心頭。

　　宿醉過後，我毅然再踏征途。一路上，我雖然時刻提醒自己：「不積跬步，何以至千里？」可是，內心總覺戚戚然，山雨欲來之感揮之不去。

　　放棄易，行路難，飛越九曲十三彎，車軚難免泄

氣。蓬頭垢面的我，蹲下來，悉悉索索，從背包內翻尋維修工具，竟發現不知何時弄傷過大腿！

經過數月療傷，未見轉機，頓覺彷徨無依，可笑的我，竟然拄著手杖，流連路邊手飾店。我迷信地，挑一條項鏈，於碧玉上刻上「莫失莫忘」四個大字，日間把碧玉擦得錚亮，晚上牢牢捏著它，當「賈仙」供奉。

有幾次醒來的時候，發現「賈仙」仍被緊握在半濕的掌心裡。

機緣巧合，我拾獲一本天書，天書教誨，當你自問已傾盡所能，當你欲登峰造極而不得其門，是時候請教一個曾經跨越世界最高之處的人。

可是此等高人，應往哪找？即使找到了，他會否傳授一套必勝方程式，讓我順利複製他的成功之路？

從夏天到秋天，從冬天到春天，經歷多少寒暑，總算天從人願。我終於，終於碰上傳說中那位智者。

我誠心向智者下跪：「小弟離不開死胡同，但願高人帶路。」

智者背起雙手，背轉了身，望向遠方去。

心急如焚的我，趕緊追問：「智者智者，你為甚故弄玄虛？」

智者沉吟半晌，才緩緩道：「良好的嚮導，陪你走遍天涯遠路，頂尖的嚮導⋯⋯只會教你如何走路。」

難怪古人說聽君一席話，勝讀十年書。

門下數載，師傅招式變化之多，蔚為奇觀；其深入細緻的見解，入木三分。我言聽計從，反覆鍛練，茅塞頓開。即使只學到他的「皮」，已絕非當年吳下阿蒙。

臨別，師傅贈我一句夠用一生的說話：「藝術的精髓，不在賣弄感性，而是尋求如何在理性中發揮感性。」

我在師傅門前的櫻花樹下重新出發，薰暖風一吹，落英自動靠攏，當場編織出一張扣人心弦的紅地毯。我聚精會神，用盡每分念力，蹬得越發暢順，漸漸，我忘記了天地，也淡忘了自己。

到我睜開眼，驀然發現，朝思夜盼的謝幕佈景，竟然近在眼前！我揉一揉眼睛，奮力吸一口氣，不顧一切直撲過去，到了，到了，我終於到了！彷彿再也分不清是真還是夢。

可是幾聲歡呼聚散，一直夢寐以求的、以為會感動至痛哭的、有如高舉世界杯獎牌的慶典並未出現。我縱踏著滿地祝捷的碎花，把隨身多年的陳年香檳灑遍大地，所有喜悅，在寥寥數步間陪同酒精揮發得無影無蹤。

我佇立原地，掠掠額前髮，怔怔地，在旁車之倒後鏡中，呆呆看亂髮在疾風中翻飛。

就在一呼一吸間，我幡然悔悟：所謂終點，根本不是終點，而是另一條公路的起點！

換句話說，由始至終，根本沒有終點，只有起點！

每個人，活到某個年齡，總以為已經學會了許多許多。

　　成事到頭都是夢，只怪人人善忘，天下之大，到處都埋藏著理想世界。你擁有追逐雲和月的權利，但請君莫忘記，即使你再闖過更多更大的難關，時間也在彼方恭候你鳥倦知還。

　　感覺很灰嗎？不，人生九十古來稀！努力過，奮鬥過，當你以為得到的時候，總有一些東西同時悄悄的、輕輕的告退。

　　所謂人生，不過是一場用「有」去交換「沒有」的遊戲。除非棄權，一旦參與，得與失，不容閣下諸多計較。

　　吾立志，明日縱使天荒、地老，仍然繼續上路，決心要做一個最有體育精神的自行車選手。

　　歌手黃家駒名言：「人生不在乎擁有甚麼，只在乎你做過甚麼。」

　　《最後十四堂星期二的課》（Tuesdays with Morrie）名言：學會死亡，你才學會活著。（When you learn how to die, you learn how to live.）

我不甘後人，自創一句：

「夢，是實踐出來的，不是追出來的。」

【後記（一）】：
林瑞禎是一位青年古箏演奏家。

余與她相識於微時，認識她那年，我二十歲，林家有女初成長（約十五六吧），其蜚然之文采卻令人眼前一亮，絕非專門利用人類低劣本性吸引眼球之三流江湖作家可比。此文部分內容，原為我倆某夜輕談淺唱之對白，今將之改編成《陶笛家的‧單車之旅》，斗膽野人獻曝，望卿笑納。

【後記（二）】：
文中智者，乃古典結他大師黃文錦先生之化身，師長深恩，學生銘記在心。

【後記（三）】：
文中天書，乃美國勵志作家 John Strelecky 所寫的 "Life Safari"。

雨似無情
卻有情

少年時以為，雨似無情卻有情。

一個懶洋洋的六月天，家家戶戶的陽臺，正沉浸在夕陽的餘暉當中。我，本欲上街閒混，臨行，蒼穹瞬息萬變，似將有不測之風雲。躊躇之間，不禁卻步。

少頃，細雨似琴音，淅淅瀝瀝敲進我心。瓦片的頂部，與悶熱的心房，彼此向對方發出滴答滴答的共鳴。

猝然，雨勢漸大，我透過玻璃窗，看被風吹彎了的雨線，乘勢斜撒進逼。萬家燈火見狀，即告蠢蠢欲動，然後按捺不住興奮，上演一幕百花齊放，即席充當大劇院佈景，映襯著節奏紊亂但豪邁奔放的都市交響曲。

時光，悄悄於沙漏中對倒，而我，竟忘記了出門。

迄今，說不出為何，我享受這種寂寞。

這些年來，憑藉這幕每年上演七八十次的超級陳腔濫劇，治療寂寞的傷口結疤，並未懼怕揮霍似水年華。

畢竟那一年，我只有十二三歲。

❖❖❖❖❖❖

一個沉悶的讀書天，我在絮絮的雨的迴響之中心血來潮，扮忘記帶雨傘，套上運動鞋，咚咚咚咚咚，走下唐八樓，盼一雨便成秋。

站在大世界，雨點，就是潔白的雪花，可以瞬間為我洗盡鉛華。

只恨途人不識抬舉，恃眾凌寡，人人一傘在手，宛若漫天花劍雨中飛舞。

每當有傘子刺中我的頭顱，我例必張口四罵。可是，人人例必懶理，但求快快回家。

遂抱著頭，用雙手權充護盾，濺踏著水窪，啪嗒

啪嗒過關斬將。然後厚著臉，衝向一片雜貨店，以人家的屋簷，充當臨時避難所，假裝等待朋友。

等到附近躲雨的人，都四散走了，我仍佇立街前簷下。偶爾，輕輕捋開額前濕漉漉的秀髮，呆望汽車濺過馬路，然後目送濺起的水花像煙火般四周散落。

人在屋簷下，為何倍思家？

這種自製的矛盾，無非借借雨絲說說愁，卻未會道一句「天涼好個秋」。

那一年，我十五六歲。

每夜唯盼夢中相見，相對卻無言。

四隻腳，一雙影，在微黃的路燈下，像釘在地上一般。那位身處克己邊緣的謙謙君子，正怯懦地，期待著命運之神慷慨加冕。

當沉默得過份的空氣，抵擋不住蒼天的感動，一串串小淚珠，忽然從天而降，助我們靠得近一點，再

近一點，近得她烏黑的長髮，不斷向我的胳膊垂憐。

　　雨漸密集，為了拒絕向機會說不，為了制止正潛伏於背囊底的雨傘洩密，我毅然拋開道德的枷鎖，連環發功，右手將她一抱入懷，左手順勢舉起她手上那把紅粉色小傘，像煞一名振臂高呼的泰拳優勝者！

　　既然天公造美，誰又記得花力氣，去驗證真情郎與偽君子？

　　傘下，她全神貫注，拈起我的領帶，替我拭擦鏡片上的露珠。盛夏，正是綠肥紅瘦，我伸手，挪開朱顏頭上一片落葉，輕輕鋪上一片備用的白姜蘭。

　　縱使煙雨濛濛，看不清未來，我們向彼此發誓，要似月亮那樣圓。

　　也許，我們都善忘。蝴蝶飛舞，只為了瞬間的漂亮。

　　那一年，我十七八歲。

當走過而立之年，驀然驚覺，自以為感性又性感的我，原來跟平凡人無異。

每逢下雨天，上街必然打著傘子，害怕雨點沾濕我矜貴的髮根。說來汗顏，我不只害怕濕身，更害怕小病纏身，當雨勢咄咄逼人，便三步並作兩步，以傘子充當最強護盾，以防不速之客阻塞去路，懶理身邊是否有故意不帶雨傘扮強壯的大傻瓜！

假使背著結他，更不欲「出門去」。

這成長的變化過程，有如地球圍繞太陽自轉，存在於不知不覺之中。

到底有誰能夠告訴我，我可會重新愛上雨點麼？

多情應笑我。還是算了，為免早生華髮，倒不如安心享受晴天。

現在我寧願相信，上帝創造人類，本來沒有平凡與不平凡之分。人，不過是身不由己的大時代過客。

雨似無情卻有情？哈哈！笑傲半生，悟了，太陽底下無新事。

陶笛家的‧
茹素故事

　　寫這篇故事，背後隱藏著另一個故事：素來，擅
於推卻傳媒採訪的我，遇上一間主動邀約分享音樂人
茹素故事的報社。由於辦辦內容正合吾意，遂速速應
允，一拍即合。

　　誰知那該死的記者，臨到採訪前一天晚上，才通
知將會失約，理由是：「你的茹素故事不夠特別。」

　　奇在，吾之故事，根本從未公開。

　　掛線之後，我竟夜把最髒的髒話罵個千千萬萬
遍！

　　也許，此記者真實身份，其實是一位小小小說家！
也許他的上司，昨天方發現我是與他不共戴天的大大
大仇家！

　　不過，當心情平伏下來，自思，我何不將錯就錯，把故事自行分享予諸位讀者？

　　各人頭上一片天，我的茹素故事，自問非常特別，恰似世間上每個平凡人的故事，一樣獨一無二。

　　說故事之前，實在有必要提醒大家：那個年代，非但半點不似如今這個素食百花齊放的年代，而且世人對於素食，存在極大之愚昧與偏見。至少，我當時的生活圈子，除卻一對篤信佛教多年的母子，竟無一素食之士。因此，我所遇過的尷尬經歷，和交際上的種種難題，絕對足以被輯錄於全新一輯之《瀛環搜奇》。

　　接下來，請細心欣賞本人「獨家」分享之──陶笛家的．茹素故事。

❖❖❖❖❖❖

　　在一個潮濕多雲的灰藍夜空之下，有一個不修邊幅兼頭戴髮箍的年青書生，拎著一只外賣烤手撕雞，朝公園方向進發。

諸位不難猜到，此位年青人，正是在下。

土氣當潮流，點滴在心頭。

那一晚，我剛度過二十三歲生辰。

這個位於名宅附近的公園，每到掌燈時份，絕少遊人老遠來到這裡。雖然，燈火通明的綠茵場，每夜依舊人來人往，一旦遠離球場區域，便僅餘少量飽餐後閒逛的老住客，與靜悄悄散落於漆黑角落、巴不得擁有保護色的鴛鴦愛侶。

當走到一棵高大得幾乎看不見樹梢的老松樹下，我席地而坐，好整以暇，雙手捧起禽體，撕開保鮮紙包開封，一縷滿帶肉香的輕煙緩緩撲鼻，使得口中每絲唾液為之蠢蠢欲動。

我加快動作，像一只不顧一切撲向腐屍的大鷹。可是，烤肉筋骨異常強韌，卻無可供切割之利器，我費盡每分力氣，左扯右撕，不得要領。

既然無計可施，唯有孤注一擲，深深吸一口氣，傾盡全力作終極一「撕」，最終成功將之一分為二！

　　肚皮餓得很，心情極興奮。我大快朵頤，嚼得巴唧巴唧的。

　　婆娑的樹影，隨著微風輕輕飄蕩，朦朧的葉狀物，沒節奏地互相交錯。蕭颼間，搖曳出一種朦朧的美，乍一看，宛若漫天黑蝴蝶奮力拍翅！我在巨樹的護蔭下，看深邃的天空瞬息萬變，奇妙得像詩的一篇。

　　電光火石之間，一種奇異的感覺，如同刀鋒直插心瓣！那種感覺，很難以筆墨形容，若要勉強擠一個比喻，大概像咱們冬天脫毛衣時磨擦出的靜電，振幅絕不比一陣風長久，如露亦如電。

　　緊接下來，像夢魘一般，小時候和家人手拖手上菜市場買活家禽的不安感覺血淋淋地魚貫重現；中學時被宗教老師給予一記「大問號」的那篇週記化成惡魔之手狠狠給我一記耳光（註：該週記題目，是我本年的展望。我寫下的展望，是未來世界會出現更多新研製的食物把肉類取而代之。那一記大問號，我至今耿耿於懷）；唯一一次跟大伙兒坐遊艇出公海垂釣烏賊的罪惡感揮之不去⋯⋯

　　我欲舉頭望明月，低下的頭也再抬不起來。

　　霎眼間，閃過一個改變我一生的念頭：我怎麼可以如此對待生命？

　　就在呼吸之間，我踏上茹素生涯。

　　可是，當舊日的罪孽化作動力，一切挑戰，才告正式掀開序幕。

✤✤✤✤✤✤

　　曾聽說過，幹革命，唯有循序漸進，靜待時機，再伺機直搗黃龍，方為上策。茹素之初，我早出晚歸，免跟雙親共膳如坐針氈。

　　期間，我耐著性子，只曾向家母稍作此類暗示：「媽，孩兒近來腸胃不妥，今起早餐不吃肉包子，請用白麵包取而代之。」

　　到他們悟出孩兒蛻變的真正緣由，足足過了一個多月。

　　一如所料，老爸老媽顯得相當不滿。

　　我知道，除了雙親，那些打從我呱呱落地開始看

著我長大的親屬，同樣會相當不悅。遂把自己當成醜婦，家庭餐敘每每避席，但求不見家翁。

如此又過數月。

不見不見還須見，幾家親戚晚飯聯誼，上菜時候，陸續有雞有鴨有鵝有蝦有魚，我頓時眼觀鼻，鼻觀心。

正當人人對酒當歌，開懷吃喝，某長輩見我只顧埋首豆腐清菜，好心相勸：

「年輕人，應時刻記取中庸之道。少吃點肉，多吃些瓜菜，不就兩全其美？」

直到此刻，我才真正意會，原來一直忿忿不平的家母，早已把消息公告全人類。

正是秀才遇上兵，有理說不清。

和朋友聚餐，一樣麻煩免不了。

有一次，跟隨同僚上快餐店吃中飯，我在長長的輪候列隊當中，腳尖向前緩緩挪移，眼角快速瀏覽掛於牆身、體積比得上課室黑板的巨型菜單。不意，那該死的菜單，菜式琳琅滿目，唯缺一項素菜。

天！難道齋菜比鮑參翅肚還要矜貴？我真不明白，這些年賺不知多少億的大型連鎖店，又何以總吝嗇一記救人一命的羅漢齋炒麵？

眼見下一個輪到我了，當時尚可接受碟邊菜的我，轉身找同僚求救：

「朋友，我點吉列豬扒飯，豬扒全數歸你，你從咖哩雞飯中給我割讓幾片馬鈴薯可以嗎？」

他欣然接受，連聲多謝加笑容免費奉送。

第二天，我照辦煮碗，他卻輕輕別轉面孔，語氣像煞分手的愛侶：「你的美意，在下心領，吾卻不欲每天犧牲馬鈴薯。」

怨人不如自怨，求人不如求己，更無謂損人不利己，自馬鈴薯事件，我每天自備午餐，同時發毒誓從今以後與碟邊菜老死不相往來。

與其說那些快餐店容不下我，倒不如說我打從心底瞧不起那些快餐店。

不過，以下這件事，才算最精彩的一次。

舊同窗設宴，我單刀赴會，恭賀老友覓得如意郎。

一位素昧平生的同桌壯士，未入席時，已告酒過三巡，筵席開始，已告酒酣耳熱。當菜過五巡，壯士見我未曾舉筷，已不時向我斜瞥窺視，不悅之意，溢言於表。

少頃，他終於按捺不住，板著臉問道：「小子為甚碟碟不歡？」

「無他，素食者是也。」

壯士聞言，頭一分鐘，他一臉懵懂，像想不出因何竟跟一個和尚同桌。下一分鐘，忽然惱羞成怒，口張到一半，又覺出師無名。遂喝一口，略略收斂，完美施展一招借醉訓話：

「小哥兒小哥兒，別怪老夫出言不遜，你完全不吃葷，試問力氣何處來？難道你甘心花五百元光喝普洱香片？」

簡直一派胡言，我佯裝聽不見。

醉漢見我一臉書卷之氣，跟其魁梧之體魄，著實

帶一些距離，大概斷定我必不敢復言，遂步步進逼，乘勢追擊：

「大膽小鬼！佳餚滿桌，人人開懷起箸，汝卻翹首白坐，佯裝清高隔岸觀火，難道要眾長輩們看你臉色不成？」

茹素以來，親友賜予我之悶氣猶在心頭。如今竟連一介匹夫，都能平白無故地當眾把我肆意奚落，年少氣盛的我，哪吞得下如此羞辱？

羞辱老粗，最佳方法當然不是比手瓜，而是以「文」制「武」，故意向他「狂拋書包」，收以柔克剛之效！

我蹬地站起，儲足掌力，啪一聲！桌上所有碗碟，頓時像置身於翻波的怒海，互相碰擊得「呼嘭」價響！我目露兇光，直指醉漢：

「世間本來無一物，笑問客從何處來？」

「你你你你你你，你算甚麼態度？難道敬酒不喝，要喝罰酒不成？」

「燕雀安知鴻鵠之志？閣下自顧不暇，還管甚麼閒事？呸！狗口之中，果然吐不出象牙來！」

風水輪流轉，見他辭窮，我繼續發功，使出一招打蛇隨棍上：

「我一心來恭賀朋友，不似閣下一心吃喝！」

醉漢聞言，正打算用拳頭代替說話，旁人見狀，立時攔著他，幫忙斡旋。

兩旁，瞬間圍著很多人欣賞好戲。

炒麵、壽包、煎堆、水果、桂花糕、紅豆沙陸續上桌，彷彿專誠向我祝捷的甜點部隊。

同桌的人呢？直到筵席散，人人噤若寒蟬，除了醉漢自我發洩時鏗鏘得宛若子彈橫飛的穢語粗言，安靜得似「寧靜海」，和剛才的喧鬧相映成趣。

父母呢，頭幾年還是抱怨連連，怨聲載道。再過幾年，偶爾指桑罵槐，一唱一和，儼如做大戲：

母：「今晚雞魚做晚餐？」（篤篤篤）

父：「兩個人，你眼望我眼，只怕餓死腸穿兼肚爛！」（撐撐撐）

兩人齊聲道：「唉，咸魚白菜？也罷，不如專心去賭馬！」（查撐篤撐）

後來我才發現，不論男女老幼，聽說你茹素不過一兩個春秋，便會勸你及早臨崖勒馬。

不多時，我想出一道妙計：每遇新朋友，年年報大數，逢一進二：茹素一年，就說我已茹素三年；第二年，說已經茹素四年⋯⋯

謝天謝地，此奇招，效用顯著，雖云說謊乃屬「戒之最，不過人有善念，自會天從人願。

奇招一直用到本人茹素第五年，才向眾人正式宣佈：「小弟經已茹素五年」，不無吐氣揚眉之感！

可見，茹素這回事，除了堅定不移，還需要一點交際伎倆。

此外，同一番調笑對白，你隨時聽上數十篇，例如 A 君提問：「食素？還剩下甚麼好吃？」

　　跟 A 君互為表裡的 B 君作小學生舉手搶答狀:「我知我知,食菜囉!哈哈!」

　　自問交際並非本人強項,也沒有鑽研交際伎倆的意圖。茹素,從此成為我推卻頻繁約會的藉口,大伙兒聚餐燒烤火煱,我統統一律余光中上身,大唱「下次你路過,人間已無我」,損友豬朋,因此逐漸生疏。

　　近廿年茹素生涯,沒我想像中困難,沒你想像中容易。

　　真可笑,時至今日,還陸續有人問我人生中回答次數最多的一個問題:「你為什麼吃素?」

　　人生,又豈是一場計算?古今多少事,可以讓你輕輕鬆鬆運籌帷幄?愛一個人,難道需要理由?

　　贈大家一言:學會不問為什麼,生活笑呵呵。

　　這篇文章的內容,正是我本來預備好的訪稿。至於內容是否「特別」,根本無足輕重。分享故事,只消一份真誠,何用他人胡亂品評?

　　這篇文章，不計往後修改，寫了八個小時。即使
個人的力量何等渺小，即使你未必感同身受，即使你
跟蔡瀾一樣「未能食素」。那麼，就當聽一個有關「個
人意志」的勵志故事吧，自問一樣特別！

四人行，
不見我師

小時候，家母曾先後聘請三位上門補習老師。

第一位，是小五那一年，家母從超級市場近出口位置的「補習招生」廣告找來的。

所謂廣告，其實每片只得兩張名片大小。不過，當幾十片廣告，齊齊張貼於一塊由超市免費提供的松木壁板上，其熱鬧程度，儼如報章副刊百家爭鳴的分類廣告。

傳統上，補習老師會把聯絡電話反覆寫於廣告底部，再剪成條狀，形成一只倒掛著的手，五指下垂，風一吹，幽幽地向街坊鄰里招手，願君多採擷。

家母於芸芸「手指」當中摘下其一，交涉兩句，一拍即合。

我唸下午校，「手指」約定每星期兩次早上光臨。

反正不是女兒身，應該難有甚麼損失，我亦不介意與陌生人共處一室。

當「手指」第一次變成「真人」，不知何故，家母已然喜形於色，笑逐顏開。四手相握的一剎，回想起來，有點像十三年後曼聯領隊費格遜爵士，高薪聘得嶄露頭角的基斯坦奴朗拿度加盟的歷史時刻，唯獨聽不見無數照相機「咔嚓咔嚓」。

對，我意思是費格遜似家母，不是家母似費格遜。

家母笑問：「請教先生高姓大名？」

先生道：「小姓覃，早字上面造一個西字。」

我心納罕：覃字，筆畫多，又難記，沉魚落雁的「沉」不是更好嗎？又何謂「造一個西」？我似懂非懂，彷若納蘭的「落盡梨花月又西」，我只知其言而不知其所以然。

忘記介紹覃先生這個人物。他年約三十，見面時，十居其九穿短衫牛仔褲，身材極瘦削，臉色比一般人

紅潤，似剛從火爐邊趕過來。呀⋯⋯還有，他額角上，總帶幾滴小汗珠，屬典型陽光暖男。

上課時候，除了感覺他英語發音比我更差，其餘各方面，尚算叫人滿意，尤其批改功課之手法異常熟練。

覃先生不單循循善誘，還不時伴我聊天：

「我全職補習，每月收入上萬元，而且剛新婚燕爾，恩愛逾恆呢。」他一邊說，一邊用紙巾捵著額角的汗，邊咬吸管，邊用力吸吮由家母饋贈的可樂。

忽然，他縮縮肩膀，伸一伸脖子，毫無端倪地發出異常響亮的「噓」一聲，把我嚇得直跳起來。心中暗忖：「難道我功課馬虎惹怒了他？」

半晌，又聞膨脹的氣體，自他咽喉間直噴出來，然後他宛如搗蛋的孩子，向我報以親切又和煦的微笑。

我輕輕別過臉，心想：「職業補習，原來可以致富。此人不單姓氏奇怪，職業獨特，行為也古裡古怪。」

　　自那天起，家母叮囑，每課得給覃先生一瓶罐裝可樂，以慰勞慰勞人家。

　　時光飛逝，數月過去。

　　某天下課，覃先生說他有轉行的打算，難再抽空，遂向家母請辭。家母聞訊，猶如痛失至親，但見對方去意已決，不得不彰顯氣度，成人之美。

　　幾個月後，我發現家母每次路經超市，總有意無意踱到「廣告板」底下查閱。我知道，她並非去「尋」老師，而是念念不忘「覃」老師！

　　如此又過數月，家母在云云廣告之中，果然發現一張簇新的，上面寫著：「姓覃，職業補習，電話……」

　　見狀，傻瓜都知道，此人當天學生多得分身乏術，借故扮辭官歸故里。

　　家母呢，其實早已猜到三分，因此才反覆光臨超市碰運氣，只得我一個絕世蠢人蒙在鼓裡。心中慨嘆：「大人世界真齷齪，假文明，言語吞吞吐吐，一點都不痛快！」

翌日，家母和覃先生故劍重逢，一如所料，有如失散多年之姊弟，場面不是不溫馨動人的。而我，尚未學會跟成人打啞謎，為掩飾覥腆，悄悄躲回書室等待覃先生。

少頃，他踱進來，一打照面，不是不令人訝異的。闊別僅大半年，他憔悴了不少，沒精打采，更不復昔日之紅粉氣概。

此刻，我才知道，原來人不單可以長高，還可以變矮。

上課時，我對覃先生既熟悉又陌生。他每講畢一課，只會如此吩咐：「請完成這一課習作。」兩個人坐在一起，心隔得比天地還遠。

李清照有云：「枕上詩書閒處好」。然而，我一落秀筆，覃先生竟然向我施展一招「三更有夢書當枕」，即場呼呼打盹！

當我完成了他的指示，覃先生猶在夢中。

我輕拍他手臂，不得要領。

　　我遂加半分力，連拍數下，始告悻悻然醒來。只見他搓兩搓直豎的髮根，眨兩眨惺忪的睡眼，老大不情願地開始批改功課。

　　半晌，覃先生忽然指著功課大罵：「連這個都不懂，你這蠢貨！」經他這麼一喝，沉悶的小房間立時朝氣重現。

　　不到三分鐘，他又再次板起臉來，我的心亂得慌，慌得直打哆嗦：「請問先生因何又覺不妥？」

　　他冷冷的道：「你媽年長了，人亦糊塗了，竟忘記給我送可樂！」

　　聽罷，我用火箭速度直奔雪櫃，淌著汗，摸出一罐沁涼的可樂，顫巍巍地交到盛怒的覃先生手中。

　　覃先生這次回歸，明顯貨不對辦。

　　下課後，我向家母如實稟報，她眉心展露出難以置信的神色：「怎麼可能？覃先生是成年人，哪有這麼離譜，是你自己不想補習對不對？」

其實家母又何嘗不知道我不會謊言？只是她幾近把秋水望穿，才盼得覃某回來，未到不得已，不希望再花時間到處碰運氣。

兩天後，上課過程如出一轍，我向家母「上訴」。

家母說：「或許覃氏夫妻生活有點小風波，給人家多一點時間，訓練自己多一點包容。」

她再補充一句：「你是不是又忘記送可樂？」

如是者再經歷數課，劇情大同小異。雖云：「父母教，須敬聽」，我還是鄭重請示家母：

「倘不相信孩兒，下次上課，請媽媽在門外守候。」

空調的房間，冰涼的可樂，靜默的氣氛，劍拔弩張的一課終告展開。

那日，他看上去比往日精神。

亦可能由於我心中有鬼。

半小時過去。

心想：怎麼你還不睡？怎麼你還不睡？

皇天不負有心人，機會終於來了：「你，給你十分鐘，完成練習二。」說罷，覃某「沉沉」睡去。

我唯唯諾諾，寫寫寫寫，兩分鐘後，見沒動靜，輕輕站起，悄悄地，慢慢，開一道門縫，來一招甕中捉鱉，指著熟睡中的覃某，向門縫外的家母示威。覃某惡行，終告無所遁形。

我如釋重負，心中痛罵：「朽木，朽木不可雕也，糞土之牆不可杇也！」

當夜，家母異常沉默，神情曰般肅穆，背起手，踱了一圈又一圈。終於，猝然抓起話筒，我期待，第三次世界大戰務必一觸即發。

怎料家母輕描淡寫，仿如「夜色溫柔」：「覃先生對吧，你明天開始不必來了，我兒子不補習了。」

我愣住，對家母深邃的談判功夫佩服不已，竟然「炒魷魚」也可以炒得如斯溫文爾雅，兼不失禮教。

覃先生被解僱後，我發現家母原來有「超市補習

廣告」情意結。對她而言，碰過一根釘子，純屬不幸，只是，她似乎不再相信「職業補習先生」了，可能怕對方工作量過多，疲勞過度。這回，她相信窮則變變則通，找來一個兼職女大學生。

那一年，我唸小六。

彼一時，此一時也。那時候，誰又想像得到，今日香港連招聘清潔工人，都沒差點以大學畢業為最低入職要求？

正如今日的年青人，同樣很難想像幾十年前，大學生恍如明星高貴。

這位女大學生，各方面條件，都比聲稱中七畢業的中年匹夫覃先生優勝千丈萬丈。貌美青春，不在話下，上課從未像覃先生般把書桌當床墊。喝可樂，用塗上鮮紅口紅的朱唇細吸淺嚐，絕不咬吸管，更不會咕咕聲排放二氧化碳。英語呢，雖半點不像老外，足夠將覃先生狠狠地比下去。她身上，不時隱隱散發一陣陣幽幽的茉莉花香，不是不使人心曠神怡的。

課尚未完，我已悄悄期待下一課來臨。

　　好景不常，兩三課之後，女大學生經常缺席。家母埋怨：「此女子花姿招展，一時東張西望，一時賣弄輕狂，大概節目豐富得無心戀戰。」

　　某日，又見家母氣呼呼向電話進發，我經歷過一次，知道意味著甚麼，遂緊緊抓住她的肩膊搖晃。

　　怒火雖然勉強撲熄，家母始終心有不甘。

　　勉強捱過中一上學期，我怔怔聽著熟悉的對白重現：「艾爾莎小姐對吧，明天開始不用來了，我兒子不補習了。」

　　窗外，紫色的晚霞，悄悄籠罩下來。抬望眼，對著蒼穹，我輕輕吟詠：「花期已經過了，蜂兒別再惆悵。」

　　家母自覺撥亂反正，決定與民休息。相隔三月，才又欣然蕩到超市物色繼任人選。

　　著了兩次道兒，她改為信奉以不變應萬變，照舊找大學生。唯一分別，就是換了個男的，似乎欲來一招洗盡鉛華。

　　此君其貌不揚，雪白的臉兒配一點近視，一雙眼珠骨碌碌的，似貓兒時刻尋找老鼠。不難估計，他生活比較沒那麼多姿多彩，家母頗感滿意。

　　可是我對這位艾爾拔先生一直不存好感，平常上一小時課，只要超時五至十分鐘，他勢必借故看手錶作思考狀：「唔⋯反正已超過一小時，不如今天加課半小時吧。」

　　下課後，家母罕有地痛斥：「你怎麼讓艾爾拔肆無忌憚，你以為他跟你免費補課？」

　　艾爾拔還有一個陋習──遲大到。有時，過了原定上課時間超過半小時，還以為他會缺席。誰知不過半晌，門鈴大作，剛盛開的心花瞬間凋謝。

　　利慾薰心，錙銖必較，使他鑄成大錯。

　　不到一星期，他重施自我加班故技，不過我亦有備而戰，誓以守護家母錢財為己任：「艾爾拔先生，不必加時了，功課我自己應付得來。」

　　豈料他竟然轉行感性路線，施展一招以退為進，殺我一個措手不及，殺得我一頸血：「小朋友只顧享

樂，不用功唸書，多麼使人心碎，難得我願意為你鞠躬盡瘁……」他說得沒差點掉下眼淚，我幻想自己正安坐新光戲院觀看大戲。

老師訓，須順承。我垂頭不作聲，無奈加一課。

因禍得福，這一課成了他的絕唱。

當晚，只見家母氣沖沖提起話筒，尚未開口，其談話內容，我已然心中有數。我藏身房門之後，暗自跟門外的家母同步宣讀：「艾爾拔先生對吧，你明天開始不必來了，我兒子不補習了。」

忽然想起《紅樓夢》裡面有一絕句：「身後有餘忘縮手」，然後自創一句：「坑蒙拐騙幾時休？」我苦笑一聲，回書房做功課。

從此之後，家母到超市，只光顧食物和日用品，並沒再聘補習老師。數年之後，超市亦沒有再提供招生壁板，我亦樂得清閒。

子曰：「三人行，必有我師焉。」時至今日，這三位人生過客，最令人難忘之處，正是難以說得出究竟教曉過我甚麼，卻又令人如此畢生難忘。

陶笛家的‧最後一封
離職信

做人做事，從不應該抱著懷疑，應該時刻抓緊專屬於你的那一道光。

我少年時，無論看文學、練音樂，甚至茹素，總有人用勸我戒毒的口吻，叮囑我做人必須腳踏實地，切莫異想天開。

吾非紅褲子出身，少半分堅定，早已再次誤落塵網。

香港人多地窄，活在蕞爾小島，有如長久活在樊籠裡。但我時常納罕，為何樊籠裡的人，就連思考方式，都像傷風感冒一樣，被傳染得幾乎不離一個樣——朝九晚十，晚間兼讀碩士學位，方堪稱人生滿希望，前路任你創。然後，又不分青紅皂白，將音樂家、藝術家、作家、運動家等等我心目中的千古風流人物，

納入為未來丐幫的一類。

吾以音樂營生，無疑份屬張三李四蜚短流長的絕佳題材。當某某爭相把傳言當故事聽，再爭相把故事講給他人聽，他人再添灑幾滴醬汁，走一走油，故事越發遠離事實。

所謂知者不言，言者不知，這些三流腳色，雖屬道聽塗說，卻偏偏創意「無限極」！有人說我是紈絝子弟，有人說我生於音樂世家，甚至說我自小成為高級音響發燒友。真正無中生有，子虛烏有，無奇不有。難怪法國社會心理學家勒龐在《烏合之眾》（"The Crowd"）之中說：「人一到群體中，智商就嚴重降低。」

因此諸位欲知真正故事，非聽當事人親自剖白不可。

當然，十多歲時的記憶，不似三流武俠小說可以無限連載，而是我從腦袋中裡裡外外翻個底朝天才得以重見天日的珍寶，零散得像東拼西湊兼略帶黃斑的剪報，還請看官多多包涵。

亦可說是敍事手法的一種，誰說不是？

一

經常有傻瓜一臉羨慕，直把我當人生勝利組：「你真幸福，能夠做自己喜歡的事。」

對於這類不倫不類的恭維，別說吾生從不喜歡跟別人談論音樂，即使叫我簡簡單單回應一句，且怕也有相當的難度。

笑問人世間哪來百分百「喜歡」這回事？莫道我根本找不著它，更連累眾生以後活得不如意，便怨天怨地，怨沒有顯赫家勢，怨畢生未獲神仙眷顧，怨缺少母體內祖傳之音樂細胞。

而我，頓成給世人假希望的模範。

事實上，李家世世代代，包括母系家族，皆屬典型尋常百姓家，根本和音樂扯不上絲毫關係。

因此，奉勸各位施主，臨淵羨魚，不如歸家結網。

二

我跟音樂結緣，其實無心插柳。恰似我現在的人生觀，埋首一件事，和興趣無關。

當時十六歲，作客堂兄府上，嘻嘻哈哈吃過中飯。談笑間，他忽然欠身，一臉煞有介事的模樣。

自思：「他究竟葫蘆裡賣甚麼藥？」只見他一股腦兒，踱向木製的沙發，一屁股噗嗤坐下，左手順勢抓起一支木結他。

我幾乎「嘩」一聲叫出來，怎麼一頓飯的光景，都不曾發現他家裡多了一件高級木製藝術品？

我屏氣凝神，只見他弓起背，頸椎向前轉一個大半圓，雙目牢牢釘緊琴柄，蹺起二郎腿，曲起指尖，如箭在弦。

忘了給大家介紹介紹我這位堂兄。此人少年英俊，健談機智又識時務，讀書畫畫運動棋藝電腦無一不精，氣度雍容，令人心折。雖然我們之間，彼時沒一人學過韻律，見他好整以暇，大師模樣，使我頓時盼待那修長十指，像撩動花瓣般在琴弦上此起彼落的無名英姿。

午間風光正好，陽光自百葉窗縫向玻璃窗內四處張望，琴頸上十多廿條銀色的琴衍，反射出錯綜複雜的光芒，儼如大會堂鑽石般璀燦的舞台效果。

誰知，琴弦三兩分鐘，好像一世紀那樣長。期間，我只斷續地聽見叮叮咚咚的、逐根逐根弦被抓緊又釋放的聲音。偶爾「撻」一聲，停下來，勉強走幾步，又停下，像永永遠遠奏不完似的。

初時，我以為他正在扒音階，多聽幾句，原來是一首街知巷聞的經典老歌。

好不容易等到他彈完最後一個音符，身為聽眾，就算吝嗇如雷掌聲，少不免給人家一點反應當做打賞。

「恭喜你終於找到琴棋書畫當中最後一塊拼圖。」

堂兄把結他往牆上一掛，才自豪的道：「我苦練了足足一個仲夏！」

聞言，我沒有訝異，卻異常歡喜，第六感油然而生：「如果一個絕頂聰明人，學習結他三數月，才可以勉強於指板之間蹣跚舉步，那麼，我學習這東西應該不難顯示天份。」

對於這件「高檔木製藝術品」，我其實一無所知，亦無一見鍾情之初戀感覺。

哈哈，若非家母以為我三分鐘熱度，肯定不會輕易給我買來了人生第一支木結他，更不會親自替我報讀一個劃分成初中高級的業餘結他課程。

我的熱度是否超過三分鐘，相信諸位早已「未卜先知」。我媽，自然後悔得不得了！此結他，亦成為我人生之中，雙親所贈的唯一樂器。

初級班第一課，小小課室，學生三十餘人，擠得像蒸籠裡的饅頭。可是，人人興味盎然，有的互相分享曾踏足過的結他聖地，有的向女生侃侃而談民謠跟古典跟電子結他之間的差別，有的急不及待胡亂撥弦幻想自己瞬間變人師，場面既滑稽，又熱鬧。

所謂一分錢一分貨，課程內容，離不開用簡單和弦彈彈唱唱，和從前於演奏廳看過的高難度古典結他表演相比，簡直差之千里。

我非常失望，置身其中，感覺像成年人學寫英文字母跟唸乘數表。

大約五至六個星課之後，奇事接踵而來。

不知何時開始，每課只剩同窗半數，數月後的中班，僅存十人。到了高班，連我在內，僅存四人。

小小課室，寬敞得像星期一早晨的小型電影院。那種舒適，跟初班第一課時的喧鬧相映成趣。

離開的人，似乎正暗示我，他們對音樂的熱誠和我不一樣，興致不一樣，接收音樂知識的能力更加有顯著差異。音樂，對他們來說，和我學習珠心算一樣束手無策！

此事過後，我加倍相信，當日在堂兄家中閃過的所謂第六感，根本並非甚麼神蹟，只是心底裡的一份自信而已。難怪朱熹云：「天下之物，莫不有理。」

三

考試作答，關鍵在於「對題」；做人做事，不能搞錯重點。

假如我告訴你：「我愛上的只是寫作本身。」那麼，相信諸位亦難以對我的作品產生太大信心。

正如天長地久的戀人，他們所愛的，毫無疑問應該是「人」，而非戀愛的感覺。

是否帶點哲學的味道？

音樂呢？答案不一定很抽象，但至少不會是「喜歡不喜歡」這種膚淺又敷衍的臺詞吧！假如一句「喜歡」就能夠橫行霸道所向披靡，我早已飛到溫布頓跟費達拿在網球場上拼個你死我活了！

其實不單音樂，天下所有藝術，重如拳擊，輕如書法，最講求的，大抵不離「研究精神」與「個人意志」吧！

四

我的長笛啟蒙老師，是不懂吹長笛的。

他年近花甲，操濃厚鄉音，鼻樑上架著一副滿佈刮痕的厚鏡片。殘餘的銀髮，倒每天珍而重之地從頭頂的一端梳到另一端，像煞圓池上一彎泛白的彩虹橋。他平常愛穿舊式又褪色的格子襯衫，喜用一條殘破的皮帶牢牢裹住一條深色的直筒西褲。

還有，每一課，你欲見其人，得先嗅其芳——一陣陣廉價香煙餘香。

這位老派師傅所教授的樂器種類，如星宿繁多，繼有長笛口琴單簧管雙簧管色士風竹笛笛子洞簫小號巴松管大提琴中提琴小提琴，你說厲害不厲害，誇張不誇張？

一大堆樂器，不用說熟練，令君一口氣順序一字不差把這些樂器的名字唸出來，且怕也有相當的難度！

莫名其妙的是，他每天只攜著一個純黑色人造皮工事包，和一份充滿摺痕，像讀過很多遍的舊報紙。而我，竟從未曾見過他與樂器同行，甚至未曾見過他吹過一個音，撥過一根弦。

秋冬過去，我苦苦追求何謂漂亮的音色，不得要領。老師傅口授的提示，從來一句起，兩句止：

「呀，這個聲音好。」

又或是：「呀，這個聲音不對。」

年少無知的我，見他滿口樂理，不虞有詐，自思：師傅見我長進，自會示範示範。

經歷了長達九個月的「自修」課程，我終於無法按捺下去，遂把自己的長笛，置於老師傅面前：「學生愚笨，還請師傅開金口示範，簡接接吻在所不辭。」盡吐心中情，我由心跳難平，變為滿心期待。

怎料他先擺出一副理所當然的姿態，再來一招四十五度抬頭，盪氣迴腸地，吐出六字真言：「吾生從不示範。」

我心裡慨嘆，一分錢，他媽的零點一分貨。

若干年後，和專收行內八卦之風的女友人閒聊，偶然提起這位啟蒙老師傅，她駭笑道：

「讓我猜猜，此人姓馮，單字一個昆，對不對？」

「你怎麼知道的？！」

「哈哈，除了你，還有誰不認識這位人稱「逢人就昆」的行內著名小混混？」（昆，是廣東話欺騙的意思）

五

常言道，家家有本難唸的經。

無獨有偶，吾父吾母，皆對音樂嗤之以鼻。

家父是夜班人員，日出而息，夜入而作。每逢樂韻悠揚，雖說結他音量有限，家父總是一臉不悅，埋怨被我吵醒，順道責備如何放學見首不見尾。（因為他知道我做兼職賺錢學音樂）

一天下午，我難得在家，順手拾起結他，卻憶起老父猶在夢鄉，有手難彈，遂無奈單手將六弦琴像貓兒般一把抱住，對牢電視發獃。

忽見他板著臉從門房裡鑽出來，長嗟短嘆，似有一股壓抑著的悶火。

我隨便問：「跑馬日蠢蠢欲動？」

「結他聲震耳欲聾！」

天，我沒有彈！

雙親那一代眼中，藝術皆下品，唯有讀書高，而

且所謂「書」，只限學校課本。因此，這些年來，跟雙親關係如此親密，卻又那麼疏遠。

吾亦經常與他人發生口角。皆因每天夜半，趁家父不在，我定必把握良機，秉燭夜習。雖說已然把音量降至最低，唯香港一般小康之家，家家戶戶近在咫尺，我自自然然，成為鄰里間的頭號眾敵。

六

人非鐵鑄，每逢達致被睡魔打敗的臨界點，唯有躲進工場化妝間假寐，銀行亦然。

我主修社會學，但求不負如來不負卿。畢業後，當過銀行櫃員和庇護工場導師。不過，我早向雙親明言：「終有一天，音樂才是我終身職業。」

這句說話，化成了彼此間永久拔之不去的一道針刺。

但我毫不介懷，任何入場券必設最低消費，你付款也好、買黃牛也好，以物易物也好，必須以一定代價換取得來。代價，不是人人可以承擔，揭穿糖衣包

裝，免費送贈的糖果只怕未必正中你口味，甚至包含並非人人受得起的老薑味。

七

工場歲月，大部分時間，都在跟時間競賽。

午間，為了方便快捷，每天自備隔夜飯菜，然後利用剩餘四份之三時間，匆匆跑到附近琴行租用琴室練習半小時，再以九秒九速率折返。

因此，這兩年間，絕少跟同僚玩在一塊兒。

還記得第一次踏入琴行，我為著抓緊時間，推門見人，即時連珠爆發，語氣似朗讀招聘告示：「小姐，從今天起，逢星期一至五一時二十至五十分，請預留一室，大小不拘，無需鋼琴。」

女職員皺皺眉頭：「那你租琴室來幹甚麼？」她大概以為我來找地方「堂食」。

「練長笛。」

聽罷，她彷彿鬆一口氣。

　　取長笛，棄結他，只因非常時段，不希望太過著跡。無論練音樂，還是兼職教音樂，只能見縫插針。雖跟當夜賊無異，一日十劃沒一撇，不欲與人分享吾志。

　　某日下班，我預備由新界工場趕到香港島夜執教鞭。剛踏出工場，電話轟天價響，我知道，一定是工場急召我回去加班的追魂鈴。

　　我當然選擇置諸不理，然後關手機。

　　我翌日當然被淋頭照罵，還被經理張先生下令寫悔過書。

　　最離譜的，他命令我親自把悔過書釘於公告板上，讓所有同僚過目。

　　所謂君子報仇，十年不晚。不出數月，我已等到復仇機會。

　　那天，我午飯過後，正欲往琴室練習，但覺些許疲累，沉吟半晌，管他甚麼，工場面積如斯大，長笛

聲量如斯小，況且此等時間，工場人影疏落，何足畏懼？

　　誰知，音階尚未奏到一半，只見兩位鄰組工友，從宿舍那邊展開世紀大戰，一直吵到我這兒來，我遂放下長笛，趨前勸解：「你們二人，不單有緣成為同僚，更活在同一屋簷下，好應相親相愛。」

　　兩隻小兔崽子奮力點頭。

　　我見紛爭已告平息，遂回身，重新拿起長笛。

　　誰知不到半晌，兩人陽奉陰違，竟像打摔角一樣，臂纏臂扭在一起在地上翻滾！

　　就在此刻，習慣走路不帶腳步聲的張經理，不知從哪一個方向，像鬼影般閃出來，向我當頭怒吼：

　　「為甚工友埋身肉搏，你這條懶蟲只顧埋頭開小差？」

　　當下，腦海閃過「怒沉百寶箱」的杜十娘，胸膛卻不自覺地英勇得似不畏強權的文天祥：

「張先生，你上次迫我公開展示悔過書，我雖不忿，亦無話可說。可是今次指責，恕在下絕不買賬！第一，我正值午飯時段，你應該去查一查哪位同事當值，然後找這條他媽的懶蟲算賬！第二，合約並無寫明午餐時間職員有加班的義務。第三，你無故打擾本人練習，假若張大人願意寫悔過書，宅心仁厚的我應該不難寬恕閣下！」

「聰，欲盡致君事業，先求涵養工夫。今時今日，這樣的工作態度使人痛心疾首！」

「我只是以其人之道，還治其人之身，試問誰有興致跟昏君講涵養？」

「請你立即寫悔過書！」

「身為經理，好大喜功，胡亂判刑，以權謀私，該當何罪？你若堅持，我會考慮到總部伸冤，參你一本！」

「你…你…你…你…以後當心點，他朝一定給你好看！」

「隨時奉陪。」

陳子昂教誨：「智者，不為愚者謀。」發洩過後，明白此處不宜久留。

八

每天一路上風塵僕僕，何時忘卻營營？男女私情，本來非我有，我亦不便強求。

天意卻自有安排。

有天，來了兩位新同事，一位名美寧，另一位名叫芬尼。

一個中午，我正在空無一人的職員室唧唧咋咋大口吞食，企圖盡快遠離是非之地，趕赴琴室。

但見美寧小心翼翼，雙手掬住一個碗，躡著腳走過來：「聰，鄰組開大食會，我給你盛了一大碗好吃的。」

那窩心的感覺，使人以為這是一款別緻又好吃的甜品。

我欠身，雙手接過小小心意。可是低頭一看，發

現碗內盛載著的，竟然是幾塊外皮燒得火紅的叉燒和白晳中滲著血水的白切雞！

我尷尬的笑容，跟美寧燦爛的笑容相映成趣。

「有怪莫怪，予茹素經年。」

美寧慘食閉門羹，紅著臉忙不迭奪回碗退將出去。

當我的手心仍然未曾揮發碗的冰冷，發現室內一隅，不知甚麼時候竟然多了一個人！抬頭一看，正是芬尼。

看她訝異的表情，明顯目睹整場好戲。

黃澄澄的燈泡下，兩人面面相覷，最終由她打破緘默：「世人都曉茹素好。」

我接力：「唯有交際真煩惱。」

兩人相視而笑。

芬尼訝異：「原來你也喜歡古典文學。」

「從小愛不釋手。」

「你食素，因為宗教，還是好生之德？」

「唔⋯⋯我想，天與地，才有好生之德，余卻只有廿三載食肉之罪。」

「哈，你這個人真奇怪，都不似現代人，嬉笑怒罵，皆成文章。」

「吾天生文青。」

她笑不合攏，不住的讚嘆。

當時我萬萬估不到，眼前巧笑倩兮之女子，竟是與我廝守下半生之未來內子。而我猜她同樣估不到，她會是一個未來素食者。（岳母後來告訴我，芬尼小時候是食肉獸）

話說回頭，自這天起，我沒再往琴室跑，每天午飯時間乖乖長駐職員室碰運氣。

九

小時候，很多人告訴我：「得不到的永遠是最好的。」四十有一的我，卻至真至誠的告訴你：「擁有的才是最好的。」

有天，她走到我負責看守的工場區域，看到我緊盯著一張白紙，頗帶惆悵的思量。

在這個節骨眼兒，我為防自己變卦，不待她發問，來一招先發制人：「這是我的辭職信。」

一直以來，由於習慣了旁人冷嘲熱諷，也習慣別人勸我別再發白日夢。當她預備開口，還以為我的世界裡，又增添一位此等正義之士，誰知芬尼二話不說，獻上信心一票：

「我對你有信心，相信你一定會成功，最重要的是你將來不要說後悔。」

「甚麼都得用生命去換取，吾生也有涯，不給我放膽一博，才真正後悔。」

我由衷補上一句：「謝謝你賜我飛的理由。」

那段時間，我們的婚禮正籌備得如火如荼，卻連付酒席的銀兩都捉襟見肘，寅吃卯糧。

當夜，未來岳母大人聞訊，對於我的決定，自然不以為然：

「音樂人的薪俸，會否連清道夫都比不上？」

我即席向眾人發誓：「我，李文聰，縱然不可能像歌星般大紅大紫，至少不會是一個寂寂無聞的名字！」

各位讀者，有關我在「庇護工場」發生的種種精彩故事，敬請收看下一章節《低一點的國度》。

非典型
男生

既然惠子云：「子非魚，焉知魚之樂？」那麼，「雪花的快樂」，應該在於你不可能知道它究竟有多快樂。

唸小六時，同學甲乙登小舍作客。同學甲毫不客氣，逕自往書室去，「啪」一聲，亮著了燈，走到書櫃前，用指尖扶一扶鼻樑上的黑鏡框，擺出一副古物專家的鑑別姿勢。

看他一副老書蟲模樣，還以為他會打趣建議我多搜集陳年晚報，誰知過了半晌，他揚起一道眉毛，歪歪嘴笑道：

「幸虧遇上你這位世外高人，你讓我知道，原來世間真有人視漫畫和武俠小說如無物，反而用《聊齋》跟《紅樓夢》來裝蒜，讓小弟眼界大開。」

言猶在耳，正坐在床沿，抖著腳攤開《方向報》風月版肆意欣賞的同學乙忽爾抬頭，來一記棒打落水狗：

「人說家有一老如有一寶，你齊集魯迅老莊，堪稱家傳三寶！」

從此之後，我跟這兩位老兄，不談正事，只談風月。

上門補習老師艾爾拔（有關艾爾拔，請翻閱《四人行，不見我師》）問我：

「小朋友，課餘是否有閱讀習慣？」

我老氣橫秋：「近來愛上《駱駝祥子》、《儒林外史》、納蘭與倉央嘉措詩集。」

他頓時眉心緊鎖，用憐憫的語調道：

「小朋友，你經常閱讀這麼嚴肅的書籍，對小朋友毫無裨益。據我看，小朋友呢，應該輕輕鬆鬆愉快學習。你應該建議父母添置《安徒生童話集》啦、《伊

索寓言》啦、《威利在哪裡》啦等等兒童讀物，閒時翻閱《足球小將》也是相當不錯的選擇呢。」

聽罷，我為之氣結，心中沉吟：「中一了，已經老大不小，還算不上大朋友麼？為甚將我直當剛戒奶的幼童？」

一波未平，一波再起。

只見艾爾拔忽然伸盡前臂，從書桌上端起我珍藏的、印有陶朱公著作的筆筒，再從衣袋裡摸出一個佈滿痕跡的放大鏡，單起眼，咬著舌，將之仔細研究一番。

十秒過後，他奮力閉上眼睛，轉過頭來，忽然一本正經：

「我近視雖深，默書從來一百分！」然後征自吟詠：「人生就像一……一場戲，因為有……有緣才相聚……」

「艾爾拔先生……」喊一聲，他沒反應。

「相扶到老不容…容…易……，男女老少……」

「艾爾拔先生……」再喊，還是不得要領。

「艾爾拔先生！」我高聲疾呼。

這一次他終於反應過來，笑問：「小朋友，你會否羨慕艾爾拔哥哥能對四書五經倒背如流？」

我忍俊不禁：「先生，你唸的是《莫生氣》，筆筒上的是《生意經》！」

如斯場面，在我的成長路上屢見不鮮。

某日，長輩見我書桌上放著一本經典名著——《鏡花緣》。此書不止給我舞弄得帶點歲月的味道，封面還印有一幅姹紫嫣紅的梅花插圖，而且厚若紅磚。

他憂心忡忡地道：「大好青年，何必時刻傷春悲秋？」

我連解釋這是一個小女孩尋找爸爸的神話故事也來不及，只見房間外已然有個背影拼命搖頭，漸行漸遠。

學校中國語文課，老師吟誦：

「願天下有情人，都成了眷屬……」

我學著她語調，替她接力：「是前生注定事，莫錯過姻緣。出自《老殘遊記》第二十回的結尾。」

正期待她讚嘆，她卻瞠目結舌：「這副對聯，信步淺水灣，不就手到拿來，幹嗎玄之又玄？」

潮流，似浪潮，一浪緊接一浪，不斷試圖衝擊我悄然築起的一道圍牆。但，此心安處是吾鄉，我享受在圍牆下過日子。

閱讀這玩意兒，古往今來，堪稱最佳私人節目。不論男女老幼，已婚還是單身，只消一書在手，何須他往？

雖說一個一生未讀過一本武俠小說卻對文學情有獨鍾的人，和一般典型男生相處時容易顯得格格不入，卻潛在無限激賞。

比如躑躅書店，無論旅遊類烹飪類流行小說類小學補充作業類擠迫得無路可走，大部分人一見文學類，

統統「眼前無路想回頭」。偶爾，殺出一個半個喜於涼鞋之內套上小小白襪的半禿中年漢，像迷途的小貓咪兜上三數個圈，明明七上八落，渾身不自在，卻停下來用指尖沾上一點唾沫，拈起《唐詩三百首》裝裝文藝，翻閱兩頁隨即放回原位。

英國文學一隅，更儼如我的私人天地。無他，我敢說大部分香港男生，一生難以一字不差的讀完一本莎士比亞原著作品。同樣，全香港亦難以揪出一個算術跟電腦知識比我更差勁的男生。

因此諸位不難想像，電腦中心、電競店、波鞋店、模型店、遊戲機中心等等一系列典型男生勝地，統統跟我無緣亦無份。酒吧、茶樓、扒房、海鮮坊等等令酒肉朋友流連忘返的大小天堂，亦鮮有我的蹤跡。（詳情請翻閱《陶笛家的‧茹素故事》）

非典型男生，自然不必和典型男生搶地盤。

雖然，這種個性，並未使我日進斗金，名成利就。至少，這份書卷之氣，獎勵我從小到大，身邊恆久不乏書香世代的異性好友。

　　假如閣下相信世界有正必有負，我何不挺身而出，扮演負的角色？人，假如千篇一律如複製人，試問何以跟正極產生平衡？

　　假使有人認為我「強說愁」，我會說你才「不識愁滋味」。你懂得從側面看，「愁」字的廬山真面目，其實代表著一種高檔的生活情操。試想像，假如你能夠於傷心寂寞的時候，還清醒得足夠發揮「賦新詞」之本領，不正正表示你擁有高度承受孤獨的能力嗎？能夠承受孤獨，代表你不必時刻哀求豬朋損友常伴左右，是一個情緒智商高強的真‧強人。

陶笛家的・陶笛
與哨子

　　看官可能奇怪，我的文章裡頭，經常分享結他、長笛、茹素等等少年經歷，卻鮮有提及陶笛的少年時候。陶笛，難道不是我人生中的第一主角？

　　各位有所不知，陶笛這個角色，在我廿五歲前，根本未曾出場。直到而立之年，未曾發光發亮。

　　雖云一切有為法，但，假如它終須沒有出現，我的人生，必定為之黯然失色。

　　千秋世事，往往玄之又玄。要指定和某某人、某某事或某某物，在茫茫大世界中相遇，或然率之低，可能只有幾百萬份之一、或幾億萬份之一，甚至更少。

　　假使人生可以重演，一次意外，你早一分鐘出發，哪怕短短兩秒，足以躲過大劫一場！或是你在某某地

方，遲幾秒鐘才轉身離開，足夠改寫以後的故事情節，甚至關係幾個家庭一生的命運！

有人說，緣份和機會率，同義詞是也。雖說合乎理智，而且不無道理，我身為藝術工作者，還是寧願對緣份兩字深信不疑。

我的陶笛故事，要從廿五歲那一年說起。

話說某年仲夏，正值人生失意時，我單人匹馬，跟團暢遊古城，圖消萬古愁。

旅程中，途經許多旅遊勝地。任何人，不難在一大堆茶館、酒吧、糖水店、精品店之間，找到各式各樣的民族管樂攤檔，左一堆笛子洞簫，右一堆竹笛葫蘆絲。店主們，個個邊吹邊賣，以自己充當活招牌。

偶爾，穿插一兩個弓著背、頭上頂著大圓草帽、步履蹣跚、挑著擔哼著歌的老小販，他們的賣相，跟賣蘿蔔賣饅頭賣燒餅的鄉里人沒兩樣，所賣的東西卻「潮」得很——各式樂器是也！

人在異地，眼看音樂生意竟如斯蓬勃如斯吃得開，來自文化沙漠的團友，無不稱奇喝采。

　　領隊向我打趣：「此地街頭藝人的收入，比很多其他行業穩定得多呢！汝反正單身，不妨移居此處，落地生根。」

　　此情此境，的確熱鬧得好比古裝電影的街頭小巷。身處其中，彷彿時光倒流唐宋元明似的。

　　對於一個跟音樂朝夕相對的人，理應歡騰唱和，樂而忘返。但正正由於我的音樂造詣經已有點時日，聽覺之敏感度，和他人大相逕庭，甚至和十多歲時的自己相比，亦不能同日而語。因此，每逢途經喧鬧嘈雜之地，我統統敬而遠之。而且，吾生對旅遊區，從來提不起絲毫興趣。

　　正當斯人獨憔悴，人人卻認為你故弄玄虛，那種感覺，無處話悽涼。

　　還好，旅程第二天，我結交了一位以「識途老馬」自居的中年團友，無聊之中正好添一個伴，給我解解悶。

　　他的頭，光滑得似塗上了一抹太陽油，說話時，兩顆眼珠像魚眼般上下游移，似乎告誡等閒人物，任何風吹草動，皆難以瞞得過他的炯炯法眼。

　　他跟我說，在內地經營工廠將近二十個春秋，對全國風土人情早已瞭如指掌，對旅團五十年不變之行程更可倒背如流。今日跟我有緣相聚，並非增廣見識，全因為閒來無事，散心散心而已。

　　我倆一見如故，甚有他鄉遇兄弟的感覺。

　　旅程第三天，領隊帶領我們參觀中醫館，而且大大力推薦：「此間的醫師位位懸壺濟世，仁心仁術，還長期免診金給客人把脈。」

　　素來，我甚少看中醫。不過，反正一場來到，診金又全免，但試無妨。

　　醫師說我腎虛。

　　奇怪在，他一邊說，一邊拼命揮筆疾寫：「小兄弟，只要依足藥方半年，保證……」

　　正在納罕，「識途老馬」「霍」一聲冒出頭來，抓住我衣袖，把我直揪出來，道：「這些江湖醫師，只管靠贈醫來哄你幫他買藥！小兄弟，盡信書，不如無書，我雖不懂把脈，是否有興趣讓老夫略為指點你一二？」

「願聞其詳。」

「關乎脾腎，秘密盡在腰果花生！閒時多吃，忙時更加提醒自己多多多吃，呵呵呵呵，保證藥到病除。」

幾天以來，他不時走到我跟前，滔滔不絕分享他的人生經驗，由於言辭生動有趣，我樂於洗耳恭聽。

旅程最後一天，屬於自由時間。午間，卻下著一場霏霏細雨，雖然無礙觀光，就是沒停雨的意思。大部分團友，包括「識途老馬」，乾脆用膳過後留守酒店，享用室內設施。

但臨別的依依雅興，使得沒帶傘子的我（廿五歲的我，有傘子也未必會用），赤子之心依然。

若非此一場雨，我一定跟大隊走，跟陶笛緣慳一面。

我喜歡逛不熟悉的小道，穿插於舊式的村莊，瀏覽千奇百趣的店，近距離體驗各種風土人情，遠離都市繁囂。可是，不知欠缺運氣，還是這一帶風光本來相去不遠，我在前前後後瞻仰一番，盡是「車如流水

馬如龍」，或是經過一番粉飾的石板路，與及街心兩
旁喬裝復古的木板店舖。

又或許悶熱的時節，路面一片煙，使人昏昏欲睡，
有心乏力。

正欲打道回府，走到偏角一隅，我先嗅到成熟桂
花的香氣，然後發現了一家與別不同的、古色古香的
小小樂器店。

我懷著劉姥姥進大觀園之心，跬步踏進門首，發
現店內除卻一位年少姑娘，並無他人，正合吾意。

環看四周，此店面積雖小，卻是相當典雅，頗具
民族風情。牆壁的木製飾板，滿佈各種陶瓷造的、釉
色繽紛的鵝蛋形樂器。

只是，那樂器體積之小，卻令人難以相信其音色
可登大雅。

轉身，只見女子笑容可掬，正親切友善地看著我，
我遂問曰：「恕小生孤陋寡聞，借問姑娘所售樂器，
姓甚名誰？」

女子微妙笑道：「先生，笛是陶瓷造，理所當然姓陶，單字一個笛。」

好一個「陶」字，位置偏僻，又難尋，我不期然百般俗套地想起教科書裡陶潛筆下的桃花源。

「是否介意讓小生一試？」

「無任歡迎。」

我抬高頭，踮起腳，隨機摘下一個青綠色的、三根手指大小的、六個音孔加一個吹嘴的陶笛。

我徐徐閉目，捏著指孔，深深吸一口氣，一吹，氣柱透過拋光了的瓷器色釉穿透出來，化作奇幻無比之色彩。仔細的聽，宛若山洞裡的迴響，加點力度，卻像風沙中的眼淚。靈魂，瞬間忘卻身在何處。時間，停泊於靜止的沙漏。

我，對之愛不釋手，歡喜之情，已在不言之表。

女店員道：「行家一出手，便知有沒有。剛才先生小試牛刀，小女子已知先生必定是習管樂之人。這款陶笛，只售七十五，以管樂器來說，非常廉宜。」

「可以給我打個折嗎？」

「聽先生口音，已知先生不是本地人。敝市呢，做生意明碼實價。客人呢，不還價是為禮也。況且先生僅花分毫，便能購得心頭好，可遇不可求呢！」

「而且老闆吩咐，不許還價。」她笑笑補充。

女子口齒伶俐，吾自愧弗如，又惟恐錯過大伙兒約定的辭行時間，不敢久戀。遂速速付了賬單，懷著愉快的心情，跟女子輕輕作別。硬要挑剔，就只差一記吻別。

一走到大街，我立即入鄉隨俗，仿效那些地道老小販，把陶笛掛於頸項，當做戰利品，打道回去。

雨停了，濕氣籠罩整個城市，路邊的桂花樹，散發出比先前更誘人的香味。可是，走著走著，這一片寧神的綠，瞬間被淹沒在大都市的繁華之中，我亦回到了酒店。

「識途老馬」一見我，眼角立即帶到我胸口那邊，因問：「小兄弟，你這個哨子，花了多少錢？」

我抓抓頭：「甚麼哨子？」

「怎麼了，你給雨灑糊塗了，還是一心在老子面前裝蒜？」

我恍然大悟，沾沾自喜：「啊，這回你休惱，我僅花七十五塊錢便弄到手。」

「唉！唉！真被你氣壞！僅僅失陪你幾炷香時間，你又再給人家騙了，你莫非吃虧吃大的？」

「店員態度非常強硬。」

「我呸！老夫歷遍全國數十年，除卻百貨公司或超市，買東西從來未曾付過正價！」

「事過境遷，抬槓無益。不過先生所言，小弟茫然不解，亦聞所未聞，此話當真？」

「汝敢不敢跟我打賭，只消給我三十大元，保證人哨兩團圓？」

其言是否屬實，自然無從驗證。只因每次請教他的聯絡方法，他都閃爍其辭，顧左右而言他。因此，這次跟他一別，成了永訣。

跟我海關作別時，他還不忘調笑，當作祝福：

「小兄弟，下次再買東西，不要忘記把我帶在身邊啊，呵呵呵呵。」那種笑，百感交集，笑中帶點憂鬱，憂鬱帶點同情，同情之中又帶點驕傲。

好一個「識途老馬」！他深明行走江湖，最忌給全人類知道行蹤。好一個「哨子」！蒙他的祝福，成為我此行最大的豐收，亦成為後來改變我一生的寶物。

【後記】

數月之後，我在羅湖邊境，竟又再遇上另一陶笛攤檔。（在那個陶笛尚未普及的年代，你不能不承認我跟陶笛有緣了吧！）

此處陶笛款式不多，奇在標明「不得試吹」，一律標價一百五十元。

我左看看，右看看，並沒發現甚麼值得一看再看。店主見狀，急忙挽留：「小兄弟，看中哪一個，便宜一點給你吧。」

一霎間，腦海閃過「識途老馬」臨別之言。我立即使出一招華麗轉身，儼然老江湖上身：

「這哨子…依我看，最多值…三十元。」

聽罷，他直跳起來：「三十？難道你認為我是吃虧吃大的？而且，這不是哨子，它姓陶，單字一個笛！」

自思：要演得迫真，必須持強硬態度。遂低首，再行告退。

「好好好，一百二十元給你吧！」

我繼續走，同時用意志指揮中樞神經，走得慢些，再慢些。

「一百！」

頭也不回。

「八十！」

回頭，我徐步，站定，冷冷的道：「最後答案，三十大元，多一分錢也不給！」

「五十給你吧，再減真要虧本。」老闆明顯已經失去方寸。

注定我才是這場心理戰的終極優勝者。

「再見。」

不出數步，聽見一把十分勉強的聲音道：「那…好唄，三十就三十唄，虧本就虧本唄！當做善事！」

我笑逐顏開，立即掏出五十大元：「不用找贖，感謝兄台成人之美。」

回到家，對著鏡，我屏息閉目，深深吸一口氣，幻想自己懷著笛，隨著風飄過山河，坐在雲層上，悄悄地，吹出一闋苒苒的淡黃……一吹，耳朵卻把我狠狠喚醒！這一闋淡黃，是枯竭的黃，如同不敵冷鋒的歌者，用紙巾悶住鼻樑苟且偷唱！

識途歸識途，老馬歸老馬，樂器，始終離不開一分錢一分貨的定律。平心而論，僅花五十元，便購得一個廉價的教訓，這教訓太值了。

　　誰又能說「老馬」不識途？三十元，的確夠買一個哨子。

　　若沒有了第一個「陶花緣」經歷，相信這個哨子，必然使我對陶笛永久失去興趣。

　　昔日齷齪不足誇。如歌歲月，如煙往事，開心事傷心事難忘事，不管孰少孰多，現在每次拿起陶笛，心頭總存一份感激：原來，月老一直沒有把我淡忘。

寧靜，非閉嘴的
代名詞

　　越來越覺得，從前向世人高呼陶笛不是玩具，簡直多此一舉。

　　假使你認為我笛藝粗糙，你一定會想，這東西何處不似玩具？

　　假使你認為找的笛音只應天上有，令你無限依戀，情人眼裡，就是西施。

　　陶笛，恰似天下事，只在乎選擇：有人視陶笛為玩具，有人視陶笛為裝飾擺設，有人對牢指法表舞弄一首半首斷續的曲子自我挑戰。

　　很久以前，我很介意一些半吊子對陶笛說長道短，例如 A 君說：「陶笛幾個孔，學一首歌，只消三分鐘。」

B 君說：「陶笛是台灣民族樂器，在台灣隨街可見⋯⋯」

然後 C 君 D 君附和 AB 君⋯⋯

我每次都想痛罵：「放你的狗屁！」

所謂肉包子打狗，一去不回頭，與其強辯，不如化作動力。

而我，打正旗號以陶笛營生，即使做足一百分，在別人眼中僅比及格高出幾分，因此我時常要求自己至少做足一百五十分。

❖❖❖❖❖❖

Lee Ocarina 的故事，開場之初，和天下許許多多故事無異，並沒有甚麼驚心動魄賺人熱淚的臺詞。

姑且由我陶笛笛齡一年的時候說起。

一年來，我專誠飛往東亞各地，走遍各大小琴行和唱片店搜羅各國陶笛物事。我發現，除了專門賣陶笛的專賣店，一般店員對陶笛的認知程度，極其量只

能說僅僅比香港優勝一點兒。部分店員，跟香港店員一樣，反問我陶笛是甚麼！

心想：原來陶笛在日本、韓國甚至台灣，根本沒一般人想像中通俗流行。那麼，我誠然難以說服芬尼，亦不該對陶笛過於歡喜。

反正，還有長笛，還有古典結他，陶笛對我來說，得亦無所喜，失亦無所悲。

直至一件小事，使我下第一個決心。

那時，我陶笛笛齡三年。

那天，我到某某琴行試吹陶笛，卻找不到合適的選擇，正欲離開。

老闆留人，必恭必敬：「小人營商經年，未曾聽過陶音美妙至此，請教老師高姓大名？」

「小姓李。」

「如果李老師賞面，咱們不妨合作合作，開班授徒。」

我但笑不語。

「大師想要甚麼條件，但說無妨。」

「自問學藝未精，無謂誤人子弟。」

「大師胸懷若谷，叫晚生佩服。這樣吧，由小人作主，一有消息，定當第一時間告知。」

「那……照老闆意思辦吧！」

當時，我並未把此事往心裡去，只奇怪，何以一個笛齡只有三年的人可以被稱呼為大師，年齡至少比我大三十年的人又會在我面前自稱晚生。

兩個月之後，收到「晚生」來電：「你那件咩笛……咩咩笛，真失敗，其吸引力，連牧童笛都弗如。唔……假若你願意轉教口琴，那麼我跟你，或許還有轉圜餘地。」

「我不懂口琴，只諳古典結他及長笛。」

「天下樂器，一理通百理明，更何況人生如戲呢，一個頂級音樂老師，理應能夠飾演不同角色……」

未等他說完，我已輕輕掛線。

從來，我都不認為自己是個天才，但絕對是個天生的鬥士。

我對陶笛的積極態度，經歷多番崎嶇轉變才孕育而成。在二零一三年代表香港於北京大學百年會堂舉行的「國際陶笛名家音樂會」獻技之前，除了試過陶笛班零收生，亦嘗過租用數碼港市集的徹底失敗。

話說當天一家三口，僱一輛小貨車，連人帶貨，興致勃勃一箱箱陶笛運進去。起初以為，那地方不單不缺一家大小，而且豪宅林立，銷路至少媲美維園花市。

誰又會想到，一星期以來，雙手每天閒得慌，嘴巴卻忙吃滿肚子西北風！毫無疑問，最大收穫，乃學識「無人問津」四個大字！

更甚者，在客似雲來的「手造肥皂夫妻檔」旁邊賣陶笛，絕對使人容易患上抑鬱症，甚至懷疑人生。

我提前兩天投降，獨自僱一輛小貨車，一個人把陶笛原裝一箱箱運回家裡去，可謂賠了夫人又折兵。

　　那時，陶笛笛齡四年。

　　蜀道難，搞陶笛更難。也許，正是幾番蒼茫，帶給我無邊啟示。我意識到，要成就大事，光靠一股熱誠，有如徒手破冰！我必須從長計議，重新包裝推廣陶笛的概念。

　　我轉移場地，改為街頭賣藝，芬尼從旁賣笛，陶音叫好叫座，存貨統統賣光，我們成功用陶笛賺得第一桶金，開設我們的第一爿店——Lee Ocarina Studio。

　　那時，陶笛笛齡五年。

　　可是，一段時間之後，並沒太大迴響，更曾被一間專門推廣素食的公司，僅花五分鐘便把我的自薦計劃拒諸門外。

　　我明白，是時候要把陶笛隆重其事，搬上大舞台。

　　我決心放下尊嚴，走遍大小學校、中醫館、社區中心、露天嘉年華會等地方提供免費表演。

　　別人以為我樂在其中，其實每次演出，只覺花非

花，霧非霧，每夜，都必須如此安慰自己：「終有一天，我不再是贈品」，方能入寐。

古人說不為五斗米折腰，而我，連米都沒有！無他，「欲先取之，必先予之。」當別人不認識你，你還裝清高，好比自掘墳墓。事實上，在人人不愁衣食的國際大都市，你能夠成功免費把自己送出去，絕對算得上是一個不大不小的成就啊！

荀子云：「鍥而捨之，朽木不折；鍥而不捨，金石可鏤。」日去月來，慢慢吸引到結婚人士、酒店、賽馬會、商業機構、演藝學院等等商演邀請，成功兼得第二桶金，開設我們的第二所店——Lee Ocarina Café。

陶笛・素食・咖啡這個全球首創的嶄新思維，同時使我賺得第三桶金——音樂人之尊嚴。

那時，陶笛笛齡八年。

我們其門如市，各方傳媒爭相採訪，就連那位當日對我不屑一顧的素食公司總裁，亦不忘於網絡把我的店舖分享素友。

可是，無論如何努力，只感覺跟目標越行越遠。每天，我總是看見左一班張三李四把店舖當茶餐廳粗口橫飛，右一幫沸沸揚揚的三姑六婆講是講非流連忘返，置身其中，何處話淒涼？我不斷反問自己：為甚千方百計機關算盡去招徠一大批肆意踐踏音樂的大老粗，使音樂人身份名存實亡，正式淪為茶餐廳老闆？

假如你不明白我為甚沮喪，只因你低估了某些人的破壞力量！我肯定的告訴你，最高質的客人，多半不是洋人，是地道香港人；最卑劣的客人，只有港人沒有其他！洋人罵人，只會糾纏一時半會兒，不像香港人，不單罵人投訴追菜喋喋不休，兩個粗人閒聊的聲浪，足以使你做不了飲食買賣以外的任何事情！

有一晚，打烊過後，我佇在一角，無助地呆看漆黑中冷冰的桌椅，但覺自己十分可笑，跟小丑一樣滑稽。

我走到沙灘，沿半濕的水邊，獨自默默地走著，在漫天星宿之下，留下一列細長的足印。

「認命」兩字，從來非我選擇。與其顧影自憐，不如力挽狂瀾。當時，我腦海只剩下一個信念：釜底

抽薪，人面野獸，高矮肥瘦，一概不留！只欠一個兩全之法。

　　思前想後，要使他們明白相煎何太急，方法只得一個——反其道而行，取消現場演奏，以「淨心」為主題，以親自錄製的陶音為淨心的手段。每當有人越界，就向他們展示一張印有一位六歲小孩左手捏著陶笛、右手食指置於嘴唇邊的「溫馨提示」。

　　此例一出，這黨亂我心者，果然去如黃鶴，當然少不免遭受粗言侮辱散播讒言加網上欺凌。有人說我不用付租金才對黃金不上心，有人誣蔑我禁止客人談話，有人專誠來搞破壞。

　　不妨告訴你，我報警求助不下五六次。

　　縱受千夫所指，但我毫不介意。累積顧客，就像交朋友，君子良朋多多益善，小人損友一個嫌多。

　　可是，當關乎營生，每日面對一店空凳，諸位實在難以想像我的家人如何承擔滿腔壓力與疑問。

　　要共同創造一個前古無人的陶笛傳奇，那段難捱的日子，作為領導者，我時刻向他們灌輸一個信念——

必須相信市場潛在大量懂得尊重和支持音樂的優質顧客。他們未曾現身，只因我們未夠出色。

二零二二年，我陶笛笛齡十六年，同時 Lee Ocarina Café 昂然踏入八周年。

十八年來，我推卻的報章、電視、雜誌的採訪邀請，比接受的還要多。無他，做人不應妄自菲薄，有血有淚的故事，該當留給最有誠意的人。

來日的足跡，有待來日編寫。我或許多幹三五十年，或許明日便洗手不幹，但我永遠不會忘記沿途走過的每一點每一滴，也定能記得住每一位值得記住的人。

值得一提，我的「淨心」橋子，有一段時期，不少大型場所例如博物館、海洋公園等等所爭相仿效，連找員工向高聲談話的客人出示「溫馨提示」的方法也臨摹得如出一轍，只是，他們的成效卻跟我南轅北轍，甚至連累職員經常被粗客當眾挑釁，最後無奈取消。

　　無他，臨摹的人，壓根兒不明白，他們所欠缺的，正是我跟陶笛之間一加一不止於二的秘密。

　　梅花香自苦寒來，在下謹以一厥 Lee Ocarina 語錄作結，代表陶笛，衷心多謝各位：

　　「寧靜，非閉嘴的代名詞，

　　而是一百人在談，彼此卻不覺吵。」

第二部份

低一點的

國度

我一直未曾知道，究竟那些曾經跟我稔熟的可愛面孔，是否仍然快樂地存活於世間上。

但我知道，他們在我深厚的記憶之中，一直別來無恙。

第一回：
異國度慨伸橄欖枝
音樂人決心見天地

「你知道墨西哥人是怎樣形容太平洋的嗎？」

我說我不知道。

「他們說太平洋是沒有記憶的。」

—— Stephen King（史蒂芬·金）

舊事，只會隨年月飄散漸行漸遠。人的記憶，結構則比較複雜，有的具選擇性傾向，有的不由你選擇；有的你以為不復記憶，其實充滿生命。

信不信由你，昨天晚餐吃過甚麼，我隨時沒半點印象。許多往昔好友，街頭相見，記一不識十。

　　然而，我腦海裡，偏偏有一段時光，歷過人生幾許風浪，竟像茫茫大海中擱淺的礁石般安然猶新。時至今日，我可以隨口叫得出他們二百幾個人的名字，說得出跟他們共有過的每一句對白。

　　亦可能是年老的徵兆。

　　看官可能奇怪，一個音樂人，最深刻的，不應該是舞台嗎？那麼，不正像以上所言：記憶不由你選擇嗎？

　　閒話表過，言歸正傳。

　　庇護工場坐落於翻新的公共屋邨，屬於新界舊區，人口老化問題最嚴重的區域之一。

　　衣冠楚楚的都市人，尤以濃妝艷抹、皮草高跟鞋諸如此類的，一踏進這個社區，難免感到渾身不自在，怕旁人對你側目，怕途人察覺你是不速天外來客，怕色狼。

　　當然，如果你心底裡很享受降貴紆尊，享受被人行注目禮的虛榮，這一區你絕對不容錯過。

　　吾自問兩者皆非，只是我這個人，本來就和這一區的文化面貌，重重隔著一道鴻溝。

　　屈指一算，加入庇護工場那一年，距今已經十七年，到底時間到哪裡去了？

　　小時候，搬過幾次家，始終不離港島東。音樂人隸屬舞台，即使閒時上街，習慣穿整潔西服，四季如常。

　　新界區給我的印象，還停留於小學時代不情願地隨雙親巡迴式賀年。

　　那些年，每逢作客新界，至少兩小時車程。寒冬裡，站站停，肩碰肩，沒空調。開窗，即寒風刺骨；關窗，又口臭陣陣。無奈，在雙層巴士的晃蕩中睡了又醒，醒了又睡，多少年來，還是分不清哪兒紅隧哪兒東隧。

　　雖說彼此並不稔熟，但你舉家自遠方來，主人一定不好意思過早送客，客人亦有心理準備不會只坐三兩分鐘。

　　成人，客套自有方；孩童，會自求多福。出門前，我從來不忘將一本長篇文學小說往長風褸裡塞。

　　每當一大群「金像級演員」擠出儼如春天和煦的笑靨，圍坐餐桌上的賀年糕點旁邊口水交戰，我都選擇演回自己，安坐沙發，遠離是非，靜靜寄情文學世界，懶理是否大方是否得體。

　　反正不論表現如何，紅包至多五元十塊。這小小報酬，還抵不過回家後聽母親發牢騷，說誰誰誰都搶著生四五個子女來欺負她一個獨子，還厚顏得給她兒子兩封硬紅包和價值十九點九港元的超市特價年盒。

　　曾幾何時，姑母曾經慨贈兩個令李家畢生難忘的紅包。話說第一眼，見角落悄悄突出一個小圓，已經知道是硬的，反正慣了，未算失望。當我把紅包往褲袋裡塞，偷偷用拇指擦兩擦，赫然發現，硬幣竟是帶波浪紋的，還得毫不遲疑提醒自己裝可愛，不住恭賀對方年年有今日歲歲發大財，真沒差點「噗」一聲笑出來。

　　那夜，母親順理成章罵齊姑母祖宗十八代！

不正是我的祖宗十八代？

因此往後日子，每提起新界，感覺難言舒泰。

看官一定想問，一個音樂人，何以會跟庇護工場扯上關係呢？

其一，當了一年銀行從業員，從未有開顏歡樂之時，感到極不適合作為過渡性職業，遂及早離開。

其二，余以為，愛心，不是說出來的，而是奉獻出來的。對於那種扮愛心的、瘋狂上傳貓狗合照的、擅於博取女子歡心的陽光暖男，吾從來極不屑之。

其三：本人為電視劇《肥貓正傳》的頭號「粉絲」。

一向屬維穩派的家母，得知我先斬後奏，辭去銀行職務，顯得相當不滿：「肥貓這個角色，跟大騙子無異，不單毫無智障，甚至比你我都聰穎。為之辭去銀行鐵飯碗的白痴，真正比智障還智障！」但我依稀記得，當年她跟我一樣看得津津有味。

這又難怪，追看電視劇一回事，兒子深入龍潭和她心目中的瘋子低能兒共處一室，卻是另一回事。

　　不單家母，我大部分朋友，平日多麼古道熱腸，每遇智障人士，總驚嚇得疑似「他有一把鋒利的小刀」，一不留神小命不保！

　　又或許，工場薪酬偏低，才是驅使她震怒的主因。

　　但我深信，這是我全身投入音樂之前的最後探戈，既然工場願意伸出橄欖枝，我見過自己，也想見見天地。

　　爾若問道：「閒時做做義工不也一樣？」借問偶然往深水埗橋底派送剩菜，或是聖誕新年往老人院嘻嘻哈哈載歌載舞算得上甚麼奉獻？

　　難道要犧牲色相才算奉獻麼？

　　放心，絕對不用，你只消做他媽的貓狗陽光暖男來生都不可能做得到的事情。

　　作客工場那段日子，我決心入鄉隨俗，每天運動衣牛仔褲波鞋。常言道 "When in Rome, do as the Romans do."，人在羅馬，做羅馬人做的事。

世事，冥冥中自有安排，就在這個國度，我遇上人生中最重要的一個人，前文已有交代，不再贅述。（詳情請翻閱《陶笛家的‧最後一封離職信》）

為免東施效顰，演戲要演到底，應該先學康熙皇帝微服出巡，視察民間。

一有機會，我會手提一雙白布鞋，竄到街市旁邊的石地足球場，和幾位老者，圍一個大圈，把皮球當作時間，你把歲月傳給我，我將年華傳給他。老者們大多赤著膊，或只穿一件被汗漬染成米色的無袖內衣。

有時，我會故意仿效「羅馬人」，「霍」一聲當場把上衣脫下。

每次離開，總有一兩人用顫巍巍的聲音問：「那麼早就不玩了？」

「下次再玩。」每次對白如同複印。

我每星期六來一次。

每星期六早上，我其實有公務在身。該公務，十分簡單，由工場指派，我只消於指定時間內，踏足六

個指定巴士站。每到一個站，和當值的工友寒暄幾句，在工友的日勤表上簽一個大名，即大功告成。每個車站，相隔大約十分鐘步行時間，根本用不上整個上午。

這批工友都是能力比較上乘的，能獨自完成車廂清潔工作。因此，沒甚麼值得記述的事情。

完成任務，順道和區內老者聯誼。

和他們聯誼，你不必開口，更無須相約，因為我每次趕到球場，他們的大圈早已球來球往。你也不用刻意和他們相識相知相交，只消直接行入圈內，點與點之間就會自動連結起來。

足球，本來就是世界語言。

融入社區，只要謹記莊子教誨，達到物我合一的忘我境界，自然無往而不利。

欲知李某人正式踏入庇護工場的種種精彩故事，且聽下回分解。

第二回：
履新日初遇小燕子
李某人落筆打三更

工場位於一樓，佔據整個樓層。

還記得第一日步入工場，感覺恍如隔世，像從世界某一端走到另一端似的。

整個工場，牆身不缺窗戶，樓頂置滿了一排排白皚皚的日光燈，可是一踏進去，總教人覺得陰陰沉沉。

多走幾步，一陣霉味撲面而來，好像很多人流過很多汗水。無他，這處存放一大堆來貨，那處十堆八堆積存等候出貨，四周圍堆得兩三個人那麼高，使得地方雖大，能供穿梭走動之地方卻異常的少。

莫說存貨，人之多，儼如過江之鯽；聲之吵，儼如四面楚歌。

　　問君能否想像五六間幼兒院約定同一地點同一時間放小息，場面何其壯觀，何其盛況！

　　時至今日，我還是想不明白，為甚我乘巴士地鐵，永遠受不了乘客的小小聲浪，卻視庇護工場如人間天堂。不得不承認，我這個很多人眼中的超級怪人，實在把「對人不對事」五個大字發揮到極致。

　　整個工場連接宿舍，一共五組，近二百位工友，他們主要患有唐氏綜合症、輕度弱智、中度弱智、自閉症和精神病。

　　哈哈，總之環境半點不似地方工整兼且小貓三四只的「肥貓正傳」工場。

　　我的職責，就是在偌大的工場，管理其中一組三十五位智障人士。

　　話說我初來乍到，四處巡遊，工友不知我是何方神聖，人人煞有介事地對我上下打量，左看看，右端詳，看得我差點沒以為自己滿臉潰瘍！

　　半晌，一位矮胖的小女孩（其實已屆中年）趨向前來，張開雙臂將我一把攔住，熱情地向我伸出胖胖

的小手：「先生早…早早晨，我姓，姓黃，工友都稱…稱呼我小燕子，我…我我也准許你…直接稱呼我小燕子吧，多…多指教。」

她皮膚嫣紅透白，身穿藍色呢子大衣，頭上佈滿不同色彩的髮夾，眼眸裡閃爍著無邪的目光，煞是可愛。

我伸出手，與之相握：「我是第五組的李老師，今日履新，很高興認識小燕子。」

說畢，正欲離去，繼續巡遊，奇怪在，我握著的那一只小手，超過三十秒，竟完全沒有鬆開的意思，而且越捏越緊。

我笑問：「小燕子，你怎麼啦？」

小燕子把頭偏過來，掌沿枕在我的耳邊，用氣聲說：「李…李…李老師，我很很…很喜歡你。」

我啼笑皆非：「我知，我知，不過假如小燕子再不放手，恐怕小燕子明日之後再見不到李老師。」

「吓，為…為為甚麼？」

「孟子云：『男女授受不親』。張經理見狀，必定控告小生非禮！」

小燕子笑笑頷首：「老師說得也是。反正我是第五組工友，那麼我現在放手，留待明日再握，哈哈哈哈哈哈。」

她說罷，如搗蛋的小孩子轉身笑著離開。

心想：「她一開始明明結結巴巴，怎麼忽爾流利舌燦蓮花？這孩子真正有趣。」

又自覺剛才處理得宜，堪稱大隱隱於市！誰知，工作尚未開始，我已然經歷一記重重的教訓。

又一次証明：樂極容易忘形，上天自會嚴懲！

我別過小燕子，向宿舍方向進發。當時，正值上班時份，近宿舍的通道，一般十分清靜。我犯下一個相當嚴重的錯誤——沒有瞻前顧後。

就在連接宿舍和工場的一道大門前，只覺迅雷不及掩耳，從後傳來一個大黑影，彷彿身後忽然移來了一棵巨樹！我未及回頭，「嘭」一聲響，後腦已然承

受了重重一擊，只覺一陣鑽腦的刺痛，人和鏡片同時應聲倒地，然後萬籟俱靜。

這一擊，可謂速度力度兼備，跟承受李小龍一記招牌「吋勁」相差無幾！

我驚魂未定，奮力爬起，差點沒把鏡片踏破。少頃，又見汗水簌簌落下，才發現自己並沒昏過去，我瞬間把認知之中最髒的髒話如子彈掃射！回首，赫見一個沒六呎高也該有七呎高，沒二百磅也該有三百磅的大胖子揮一揮衣袖，不帶走一片雲彩。

誰叫自己粗心大意，居安不思危？難怪魯迅罵我：「可憐之人必有可恨之處」！

我深深慨嘆，衣著光鮮的文明社會，原來存在著這麼一片令人匪夷所思的、被世人遺棄了的天空宇宙。此刻的我，特別痛恨時常無病呻吟的都市人，徒有泛濫的幸福，卻把幸福攢成地獄，動輒自困地獄傷春悲秋。

外傷事小，尊嚴事大，還幸沒有目擊證人，假若給「孩子們」看見我落筆打三更的滑稽狼狽之相，定當笑至腸穿兼肚爛。

　　我搓搓後腦，忍著劇痛，幾乎忘了來時的路。我踽踽獨行，內心雖一片踉蹌，猶幸腳步尚算穩當。

　　這件事教曉我，要和患嚴重自閉症、且帶有攻擊性的工友永遠保持面對面，絕不能讓他們站在身後。一見勢色不對，要立刻保持十步之遙。

　　接著一個兩月，我努力從上一手職員的紀錄之中，盡量了解每位工友的特性。尤其一些比較特殊的，我會加倍記住。

　　智障也是人，和你和我一樣會愛會恨，會撒嬌會說謊，會幫助人會戲弄人，會信任人也會不信任人。

　　做人，一屁股愛心，不單累己累人，事事不知就裡，相信最傻的傻瓜，都懂得把你當作最最最傻的傻瓜！

　　欲知更多精彩故事，且聽下回分解。

第三回：
珠心算奇才試啼聲
李某人險變安祿山

鄰組有一大胖子，名崇基，天生對數字尤其敏感，絕非泛泛可比。

崇基齒白唇紅，棕色皮膚，五官分明，身長六呎，患有輕度智障、自閉症和過度活躍症。

我後來才知道，所謂算術，並不是指學堂的那種數學，而是你隨機抽一個年月日，他三下五除二，就能夠準確告訴你該天是星期幾！

我一直將信將疑，尤其見他屁股一分鐘不能坐定，嘴巴至多只能維持兩秒鐘安靜。

一日，我正閒著，剛巧見他打著哈哈信步工場，這麼好的機會，亮著燈籠哪兒去找？我搶著上前，故意輕輕攔阻，怎料他像碰碰車般橫衝直過，並未有停

下之意。見狀，我一挺身，將他牢牢按住：「阿基，阿基，請等一等，請等一等，我有事向你請教。」

「李老師，李老師，李老師，甚麼事？甚麼事？甚麼事？」他喜歡重要事說三次。

「借問崇基，欲知二零一四年平安夜那天是星期幾，可有甚麼法子呢？」

當時是二零零四年。

只見他眉毛一皺，大眼一凝，瞬間又告合攏，手指快速掐算，舌尖如蛇舌般在齒間進進出出，咽喉間唸唸有詞：「二零一四年十二月二十四，二零一四年十二月二十四，二零一四年十二月二十四⋯⋯星期幾，星期幾，星期幾⋯⋯」

約十五秒後，崇基眼皮突然張開，答案同時揭盅：

「是星期三呀，星期三呀，星期三，李老師李老師李老師，哈哈哈，星期三⋯⋯」

他一邊說，一邊繞圈狂呼，興奮得手舞足蹈，令人想起一九九零年世界盃決賽，替西德隊終場前一錘

定音後忘我慶祝之奠勝英雄布林美，僅欠飛撲過去與之相擁的其餘十名隊友！

我笑著向他道謝。

然後，我來一招華麗轉身，一個箭步，奔往職員室利用電腦翻查月曆。

我用手指在滑鼠上拼命滑動，滑呀滑，翻呀翻……用這台他媽的古董四八六電腦翻查十年後的月曆，不能說不算是一件他媽的惱人之事。

翻得手根麻痺，甚至想發脾氣。

繼續滑。

心想，這個大胖子，他憑甚麼能耐，能夠把電腦完全比下去，而且答案精確無誤？

說時遲那時快，我再仔細看時，眼前的電腦螢幕，儼如多了一雙魔鬼之手，狠狠地將我的雙目撐得老大！

「李老師，你怎麼了？」原來工友豔玲一直站在我的身後。

「真的是星期三，星期三，星期三……」

豔玲呱呱大笑：「傻瓜，傻瓜，你是個大傻瓜！今天是星期一啊！」

我沉思了許久，忽然像醒悟了甚麼似的：「哈哈，罵得好，罵得對！」

豔玲一臉茫然，隨即把微胖的掌心緊貼在我的額頭之上，然後把另一隻手緊搭貼在自己的額頭之上，幾秒過後，才收回雙手，於胸口上來回搓揉：「還好，體溫一樣！老師，你嚇死我啦！」說罷，她伸手將自己的高腰直筒褲用力拉到大肚子上方，拍拍屁股走了。

這次過後，我告誡自己，單單用往日的認知作出判斷，是為武斷！我實在不希望自己有天淪為柏拉圖的「洞穴」理論之中長困洞穴的囚犯！

正當出神，忽然，張經理如鬼影般閃現，嚇得我心房幾乎跳出來。當我稍稍定過神來，只見他眸中之火，正燃燒得如同地獄之爐！吾大惑不解，莫非我神經失常，曾經一把火將張氏滅門後瀟瀟灑灑渾忘得一乾二淨？

張某質問：「李老師，請問閣下還有甚麼解釋？」

「甚麼？！」我從來討厭此人跟我打他媽的啞謎。

「嘿，原來閣下忙得連工場紀錄都未及過目，難怪『山雨欲來風滿樓』依舊處變不驚。」

我自然沒雅興跟瘋子吟詩作對，半秒都不耽擱，第一時間向他口中的那本「工場紀錄」飛撲過去，快速閱覽。

可是看了大半天，都是些陳芝麻爛穀子的瑣碎事宜。

重閱再重閱，方赫見其中一欄，宿舍同儕美爾把事情寫得清清楚楚：「第二組工友馨兒指控第五組導師李先生，昨天午時於宿舍向她絕纓，施展祿山之爪！」

我無名火起，差點沒粗口橫飛，立刻利用廣播器傳喚：「宿舍美爾小姐，宿舍美爾小姐，請立即到工場辦公室，請立即到工場辦公室！」

當我撇見美爾半只腳踏進大門，我已然運盡丹田

之氣，尖聲怒吼：「美爾小姐，本人初到貴境，跟姑娘無仇無怨，為甚無故含血噴人？你對我有甚麼意見，不如現在『當面鑼，對面鼓』的說個清楚明白！」

美爾不虞我有此一著，頓時嚇得如同驚弓之鳥，渾身顫抖，開不了口。

眾同事聞聲，合力將我倆楚河分隔，跟我最談得來的女同事六月問曰：「李老師，究竟發生何事？」

「昨晨，我見第二組工友馨兒跟另一位工友互相追逐，遂上前勸阻，輕聲說了一句『請勿互相追逐』罷了。我估摸着，馨兒因此惱羞成怒，向這位正義無匹的美爾姑娘大訴衷情，加些油鹽，我就瞬間被渲染成一只人人得而誅之的工場大色狼！」

謝天謝地！眾人向美爾投下輕蔑神色。

我轉身向美爾道：「姑娘，眼見為實，耳聽為虛，言語可以幫人，更加能夠殺人！你任職工場多年，對眾工友性格，理應瞭如指掌，比我更勝一籌才合理。誰人真天真，誰人假無邪，誰人喜歡搬弄是非，有甚麼可能不清不楚？再者，倘有疑問，歡迎姑娘明查暗

訪，甚至報案，本人真金不懼洪爐火，身正不怕影子斜！汝身為社會工作者，不可能不假思索，將道聽塗說之事，當作事實一樣寫在工場紀錄之中！」

事隔數天，馨兒向美爾招供，坦白承認當天指控全屬虛構，二人先後向我道歉。

馨兒與美爾的過失，我並沒有往心裡去。只恨某人，由始至終，欠我一句對不起。正所謂「有才之士不願做官，無才昏君位高權重」，莫過於此。

心想，反正納悶，不如找崇基高興高興，方為上策。

「阿基，阿基，請等一等，請等一等，我有事向你請教。」

「李老師，李老師，李老師，甚麼事？甚麼事？甚麼事？」

「借問崇基，二零二零年平安夜那天是星期幾？」

凡事豫則立，不豫則廢。今回我已經預先查閱，答案早在心裡。

　　正當他掐指運算，不待他開口，我來一招先發制人，殺他一個措手不及：「崇基，你實在太慢了！由我來告訴你吧，答案是星期四！嘿，好一個冒牌術士膽敢四出行騙江湖！」

　　我佯裝找他晦氣，向他肚臍抓癢進襲。

　　他照例開懷大笑：「哈哈哈，下次不騙你，不騙你，絕不騙你！哈哈哈，哈哈哈！」

　　有時我會想，除了請教他星期幾，更應該向他學習保持身心舒泰的獨門秘技，讓我好好潛修此道，待行將去時普渡眾生。

　　欲知更多精彩故事，且聽下回分解。

第四回：
純小生上街遇瘋子
李某人登門捉頑猴

　　某天下午，性情溫文、言聽計從的浩華，午間匆匆出了小巷，剛到大街，即遇到三五個染上金髮之貌美青年，沿途嘲笑他「瘋子出城」。回到工場，湊巧見我聞著，他即時找我告解：

　　「李老師，我是個智障人士，天生智力比常人略低一點，但不至淪落到變成一介瘋子，你說是不是？今日這悶氣已非頭一次，我自知學問未深，未敢冒昧同人理論。老師學識淵博，由你開口評評理，至公至當，你說我是不是瘋子？是不是？」

　　「把你當瘋子的瘋子才是瘋人院裡最沒有希望的瘋子！」我義憤填膺抱打不平。

　　「李老師，你人真好，我釋懷了，回去工作了。」

對我的答案，他由衷滿意；

對他的純真，我聳然動容。

我慶幸跟銀行不再扯上任何轇轕，亦無悔漠視親朋好友的反對之音來到工場。

數天後的一個上午，志偉神情緊張地闖進職員室。

往績告訴我，此子辦事尚算妥貼，弊在事無大小，一律通報無遺。素來，我對言多之人，存在無限偏見，常以為經此等人通報之事，多屬真假參半。

而我，正埋首生平最討厭的電子文件，情緒正壞，遂本能地唯唯諾諾。此子言談，又從來結結巴巴的，我若存心漠視，不用掩耳也可盜鈴。

誰知，志偉話尚未說得一句，我茶未喝得一口，忽聞門外靴聲啪嗒啪嗒迫近，大門再次敞開，只見浩華跟小燕子滿臉青紅地跟進來，臉上還沁著細密的汗珠。

心想，難道此間果真有大事發生？

「李老師，李老師，今次你真要聽他的，大件事了，大件事了！」浩華跟小燕子異口同聲。

「各位少安勿燥，你們三嘴八舌，教我如何是好？浩華，莫若你來當代表，告訴我你們一干人等，因何而來？」浩華說話最有條不紊。

「嘉榮不見了！嘉榮不見了！」

嘉榮患有唐氏綜合症，皮膚黝黑，矮個子，極佻皮。

唐氏成年人的性格，和一般小孩非常相似，唯他們之間，存在一點點差別——後者會成長，前者長不大。醫學說明，唐氏成年人的智商，大約在七至九歲之間。然而，我感覺他們大部分只有六至八歲，甚至更小。

「啊，原來如此，但此等小事，又何足掛齒？咱們工場，面積雖不算少，總算有個限度。嘉榮此廝，既非三頭六臂，亦不識飛天遁地，綜合你們三人之威力，只消裡裡外外搜刮一番，懶蟲不就手到擒來？」

「非也非也，他解手過後，以移形換步之法，成功潛逃！」

「竟有此事？你們親眼目睹嘉榮溜出大本營？」

「倒沒有，都是志偉告訴我們。」

志偉聽狀，即告向前趨近，兩指奮力朝天高舉：「我親親親⋯親眼看見，我發發發發⋯誓！」那個「誓」字，灑得我一臉唾沫！

只見他說畢之後，右邊嘴角仍然顫抖不已。如斯悲憤，如斯真性情，相信金像獎演員也裝不出來，我難以再覓不信之理。

我站起來，背起手，踱了一圈又一圈，坐下，然後「霍」一聲站起：「大膽小猴，膽敢以身試法，竟向本官施展三十六計瞞天過海！當殺不殺，大賊乃發。志偉、浩華、小燕子，我委任你們三人為臨時組長，替我監督監督眾人，我自會將此事查個水落石出。」

事後，證實志偉此廝並非搬弄是非之輩。只是以後每當他欲開口說話，我都一定跟他保持三步之遙。

　　我二話不說，決心登門，扮演父猴王，誓必捏緊小猴尾巴，把小猴子活捉回來。

　　我呈報張經理，跟他闡明外出緣由，他反笑道：「嘉榮時常如此，根本不必登門。況且他每天獨自通勤往返，來去自如，比孫悟空還要厲害。做人，何不隻眼開，隻眼閉？」

　　言下之意，說俺小題大做。

　　我卻不以為然。身為導師，理應以身作則，協助他們過正常生活。佯裝糊塗人，固然樂得清閒，但堂堂工場如斯秩序，成何體統？

　　反之，來一招摟草打兔子，捉懶猴之餘，還能藉此在小組內建立威信，可謂一舉雙得，一石二鳥，儼然告誡其他好開小差者，為師絕非省油的燈！

　　我知道，心急吃不了熱豆腐，於是靜候了足足半個時辰，才撥電話接通榮媽媽，確認嘉榮匿藏老家。

　　好不容易，找到榮媽媽形容的那所大廈。只見一只黑色小胖貓，瀟瀟灑灑，懶洋洋，伏在報攤旁，邊曬日光浴，邊欣賞卡式收音機放送的粵曲。看罷，我

怒火更甚。

「蟀」一聲，木門慢慢敞開；「撻」一聲，我已急不可待，一個側身閃了進去，一把年紀的榮媽仍然未及反應過來。

她邊關門，邊轉身問道：「李老師，咖啡或茶？」

「都不用！我並非來吃茶餐，而是來勸你兒子回工場開工！」然後一個箭步，跳進嘉榮小小寢室。

嘉榮赫見來人是我，面無人色，顫抖不已，乃蜷縮床頭，恨不得找一個洞可以鑽進去！

只是，不消片刻，又自覺理直氣壯起來，不住擺手呃嘴，誓不踏出家門半步。

之後十分鐘，成了我們之間的手語角力——他像幼獅拼命搖頭，而我則堅持：「請跟我回去。」

將近二十分鐘，彼此不分勝負，我嘗試仰手拉他，他大丈夫說不就範就不就範，一雙腿，像釘在床上似的。

「嘉榮，日夜嬉戲，坐吃山空。」

毫無反應。

正當無計可施，忽然靈機一動：與其跟他硬碰，何不向曾國藩偷偷師，來一招朝三暮四，換一種他聽得懂的說法？

我吸一口氣，一手搭著他的肩膀，奮力擠出一張極親切的臉，換一個鼓勵性的聲調，像朋友般關顧：「嘉榮，家有黃金萬兩，呵呵！不如日進一文啊！你說對不對？」

奇招果真見效，頑猴像棉花糖軟化，雙手置於胯下，十足認錯的小學生。

我乘勝追擊：「工場輪候者眾，應該好好珍惜。」

謝天庇佑，頑猴終於頷首。

誰說他們是瘋子傻瓜，聽不懂人話？

步離大廈，但見午間陽光溫暖怡人。

報攤旁邊那隻胖貓，似乎聽音樂聽得膩了，張大口打哈欠，準備睡午覺，我笑笑跟牠作別。

嘉榮偕我乘巴士。

回到工場，一進大門，嘉榮畏縮著身軀，全程緊貼吾軀。

但事實上，小猴誠然過慮了，皆因遠在幾十碼之外，猴父子一同受到英雄式歡迎，儼如凱撒大帝一行人凱旋而歸。

小燕子笑道：「李老師，我們等待你們良久。」

眾人歡呼聲中，我感慨為何良久未嘗如此簡單歡樂。

嘉榮事件之後，工友對我信任霎時大增，事無大小列隊通報，我桌案周邊，時刻其門如市，熱鬧無邊。

似乎，必須再作一番部署，方可還自己一片清靜。

雖說江山易改，本性難移，嘉榮始終戒不掉往衣帽間開小差的小小惡習。但直到我兩年後話別工場，他未敢再於太歲頭上動土，半途離場，試問能夠獲得如此成就，為師夫復何求？

欲知更多精彩故事，且聽下回分解。

第五回：
李某人亂點鴛鴦譜
小燕子告密救全家

　　工場的工作性質，以包裝整合為主。最常見的，就是包裝快餐店即棄餐具。

　　合約告訴我，我的職責就是監督，協助他們分配工作，與及管教這班大兒童。

　　但我並不視之為「大管細」，而是唇齒相依的互動合作關係。

　　餐具運來工場的時候，是分批運來的，刀、叉、匙羹、餐巾、透明膠袋每次各幾十箱。工友間，能力非常參差。簡單如每個透明膠袋放刀叉匙羹餐巾各一，也並非每一位都能夠勝任。

　　例如集中力不足者，隨時每套缺一只刀、或缺一只叉，甚至每套雙份刀叉！

因此，我會時常檢貨，確保沒出甚麼岔子，誰都知道鍋裡沒有碗裡便沒有，我不希望工友僅有的薪水付諸東流。

所謂薪水，無非每月數百至千餘元不等的車馬費。

要使團隊發揮到極致，人人有工開，必須擅用各人有限之特長。可是，現實是殘酷的，要徒手摸清各人底牌，卻必須共同經歷無數次失敗。

平常坐陣膠袋封口機位置的志偉，已屆「不惑」，兩兄弟皆有輕度弱智。沉默時，老成得像小老頭，一開口，卻像一雙小朋友。

一日，他趨向前來，欲語還休，兩根食指橫佇胸前，像個不知所措的懷春少女。

「志偉，為甚整個上午坐立不安？」

「李…李…老師，我渴…渴望轉換環境工作。」

「甚麼？」

他但笑不語。

我嘗試挽留：「志偉，做生不如做熟。現今香港人浮於事，安得工場千萬間？」

他「噗」一聲笑出來：「我試試老師對我的感覺罷了。哈哈，原來老師對我如此器重。只是，我呢⋯對於獨坐封膠機感到無限厭倦。」

還好，今次我離他至少三步，及時側身，只見三五滴唾沫像含羞草般躺臥地上，用鞋尖輕輕一碰，泡沫稍縱即逝。

我看著他，他亦看著我。

「哈，對不起老師，老師真厲害，早發現我激動時會濺口水。」

「哈，你這小兔崽子，小來這一套，不必無端給我戴高帽！說實在，噴中我，我可以饒你七十個七次，噴中人家的貨，我可一次都不饒你！」

「是是是是是，老師的話，全記在這！」他指著自己的腦袋。

啊，這小子原來靜極思動。

還記得小時候一次乘地鐵，車廂空位甚多，我好整以暇，挑一個無人雅座。下個站一到，嗶嗶之聲響起，車門「唰」一聲移開，乘客魚貫入座，坐到我身旁，我遂站起，改往對面就坐。然後，身旁又瞬間滿座，我再度站起，打算改往另一車廂，才發現已經寸步難行。半晌，嗶嗶之聲響起，車門「唰」一聲靠攏，我被迫和前前後後共十來個黑不溜秋、混和著汗味和古龍水味之老粗，一同抓著櫈桿貼身搖晃。

經過這次刻骨的教訓，果斷性格火速養成。

「志偉，男人老兄，何必吞吞吐吐像娘們似的？難道為師會不明白強扭的瓜不甜？來，跟我來，你只消答應我保證完成任務就行！」

諷刺的是，正因我的「果斷」，沒差點鑄成大錯。

我領志偉到封箱區，找出一堆印有「大Ｘ樂」商標的空紙箱。

我小心囑咐：「記住，每箱ＸＸ包，必須一件不

差。完成後，用封箱膠紙封好，務必小心、安全、謹慎。」

他拍拍胸口：「我辦事，你只管放一百個心，保證給你做足一百分！」

哈，原來他們也有收看電視廣告的習慣。

志偉隨即埋首工作。

我靜靠一方，仔細端詳著他。

只見他極緩慢的，顫巍巍的細數一、二、三、四⋯⋯，然後用抖著的手拿起密封的餐具，仔細地將之一列列置於大 X 樂紙箱之內。

見狀，我不能更滿意了，遂徐徐放下戒備，懷著愉快的心情，轉身離開。

接近下班時分，部分家屬，已然聚集工場門外等候。

我見各人工作都完成得差不多，遂跟家長們寒暄兩句，然後讓他們的兒女提前下班。（後來發現部分家長經常早到，我堅持時間到才放人）

人羣如旅鼠散去，熱鬧的工場瞬間清靜得似圖書館。

我吹著哨子，躂到出貨區，找「大Ｘ樂」紙箱，準備欣賞志偉的成果。

志偉已經回宿舍休息。

忽見小燕子作偷偷摸摸狀，從宿舍方向竄回工場來，連腳步聲都不敢發出，似十分害怕被舍友看見。

我彎腰問：「小燕子，為何不回宿舍，反而自願加班？」

小燕子二話不說，緊握吾手，前後搖晃：「李，李老，老師，我有重，重要事告訴你，你你…給，給我耳朵……」

「燕，慢慢說。」

「我，其，其實，其實偷偷來，來告訴你，你你，你…中伏了，志志偉，志偉他…」

「志偉他怎麼了？」

　　小燕子吸一口氣，說話忽然流利：「志偉他從來不諳算術！」

　　「哎喲！大檸樂！」我不期然高呼。

　　小燕子隨即協助我將全數封貼得有如嚴重交通傷者的「大X樂」紙箱逐件逐件拆開。

　　清靜的工場瞬間又充斥著煙火般噼嚦啪啪的聲音。

　　答案揭盅，我深深嘆息，不必細數，憑肉眼已經知道每箱數量不可能一樣。

　　難怪志偉長期被安排同一職務。

　　第二天，我私下跟小燕子說多謝，然後安排志偉重回膠袋封口機。

　　志偉莫名其妙，我亦沒向他大興問罪之師。誰都看得出，他已竭盡所能。

　　只是以後每逢再有「算術」題，我會另聘高明。

　　我曾經嘗試強化志偉的「算術」能力，始終功敗垂成。我發現，由一數至十，已是他的極限。

　　此事令我明白，他們之間，從來不缺一雙手。他們需要的，是一個「明」軍師。

　　務求做到談笑間指揮若定，我決心為他們每一位撰寫一本「使用說明書」，時刻存放腦袋。

　　欲知更多精彩故事，且聽下回分解。

第六回：
謎團深深深似海
柳暗花明佛有緣

午飯後，精神病康復者惠貞問：

「李老師，為甚世事每局都光怪陸離？」

「因為你被歌神騙了。」

她悟了，笑著轉身離開。

旁觀者乍聽，我們的對答，宛如充滿禪機的佛門對白。

惠貞年約四十，外表無疑比實際年齡蒼老。她時常套一件深色棉襖，配一條黑色吊腳褲，涼鞋之中，喜歡套一對白襪。

她經常獨坐窗邊，可是你感覺到，她並非自怨自艾，亦未甘心放棄世界。

她的行為，倒非常工整，其中一個習慣，正是每天飯後，來考我一個問題。她的問題，創意十足，極少重複，而且為人相當識趣，絕無喋喋不休。每個題目，只要她認為我答對了，便會轉身離開。

自豪地告訴你，自加入工場起，我已「答對」超過數十條題目，堪稱前無古人，後無來者。

第二天午飯後，惠貞問：「李老師為何不吃牛、羊？」

「我與牛、羊，皆草食也。既然同類，豈可互相廝咬？」

她悟了，笑著轉身離開。

第三天午飯後，惠貞問：「鯊魚會吃人，李老師吃鯊魚不？」

「當然不。論語教我以德報怨。我只對香芋魚情有獨鍾。」

她悟了，笑著轉身離開。

第四天午飯後，惠貞問：「李老師天天佛有緣嗎？」

這個問題真正把我難倒。

我結巴：「你說我和佛教有緣？我可沒宗教啊！」

「不，不，我說佛有緣，佛有緣，不，老師你究竟知不知道佛有緣？」

她的語氣，異常焦躁，一副恨鐵不成鋼的樣子。而我，則成了丈二和尚，絲毫摸不著頭腦。

我目送惠貞離開時的「背影」，內心一片惻然，跟告別老父時的朱自清一樣悲傷。

依稀感到，她不單單對我的答案，感到前所未有失望，而且，好像希望告訴我甚麼她認為極其重要的東西，只恨那該死的思路，不欲聽其指揮，野性難馴。

下班後，我決定在附近到處找找。

與其說我欲上街尋求答案，不如說自從「大X樂」事件之後，我心底裡盼望找回對大夥兒的一點信心與信任。當然，也希望替惠貞找回對我的信任。

近兩個小時，一無所獲。

我死心不息。

懷著忐忑心情，胡亂吃過晚飯，繼續躑躅長街，糊裡糊塗之中，我走進了一個牆身灰黃的老式商場，商場狹窄的小長廊，混和著廉價香煙和沐浴露的撲朔迷離。

沿途，我看見足浴店、古玩店、上海理髮店、遊戲機中心、二手漫畫店等等一大堆快將升格為歷史文物的舊式店舖。

當走到盡頭，正是山重水複疑無路，柳暗花明『佛有緣』——一片小型素食外賣快餐店。那快餐店頂部，以紅絲帶綑著一塊用夾板鑄造的巨型牌匾，牌匾之上，我清楚看見三個用毛筆書寫的今隸——「佛·友·緣」。

我悟了，笑著轉身離開。

第五天午飯後，惠貞問：「李老師吃碗仔翅不？」

「廿三歲前我吃，如今，我只光顧佛友緣。」

我用感激的神情看著惠貞，語帶相關的日：「朋友的『友』。」

惠貞聽罷，笑得十分燦爛，一撮略白的前瀏海之下，笑容像默書拿一百分一樣滿足。

我從未見過她如此開懷。

是誰把精神病人當作妖邪怪物看待？她們也明白，助人為快樂之本。

看著惠貞離開時的背影，我似有預感：乍暖還寒的今夜，將會星光燦爛。

欲知更多精彩故事，且聽下回分解。

第七回：
假作真時真亦假
工友帛金別同門

風無定，人無常。假如世事姑且分輕和重，生老病死跟生離死別，沒有不屬於輕的理由，而且輕於鴻毛。

所謂人生，不正是一場學習互相說再見的盛筵？

我挺喜歡和工友打成一片。他們，是不幸的一群。殘酷的老天爺，於他們尚在娘胎之時，率先攫走他們部分智力，搞亂了他們的基因序列，等同局限了他們一生的前景。而且，他們的生命，比一般人更無常，今天有說有笑，明日不知身在何處者比比皆是。

醫學報告說明，假使唐氏綜合症患者得到妥善照顧，大約可以活到五六十歲。但我肯定的告訴你，這

些都是騙人的鬼話！不信？不如我來問你，諸君生命中何曾見過超過十個智障老人？

奇怪的是，似乎他們自己，都意識到自己圈內人的生命，大多比圈外人苦短，甚至天不假年。

究竟是誰告訴他們的？還是他們經歷太多同類事情？那就不得而知了。

事實上，能夠得到妥善照顧者也為數不多。最差勁的那種父母，視子女如負累，從不見首。

興許，誰又難以怪罪於誰，法律並無條文規定，父母不痛惜子女必須判處有期徒刑。

不，或許他們當年製造新生命的時候，抱太大期望，最終事與願違，因愛成恨。

此類案件，假如陪審團一致認為，父母才是最大受害者，我們也沒足夠理據斷定他們理據不足。香港長年樓價高企，君不聞俗人時常抱怨父母育子子養子？

設身處地，當你已經年屆古稀，子女卻是個永永

遠遠長不大的笨小孩，實在無處話淒涼。

閒話表過，正式跟大家說一個關於帛金的故事。

一天上午，掛牆電話轟天價響，我站起來，把帶線的話筒帶到右耳：

「早安，ＸＸ庇護工場，我是第五組李文聰老師。」

「李老師早，我找你代奕樺請假一天。」原來是工友奕樺之母。

「沒問題。她咋啦？」我指尖鍵盤上忙，嘴巴含糊應對。

「昨晚，醫生說她處境非常不妙，因此二話不說把她送往深切治療部。」

我直跳起來，立刻把話筒由右耳換到靈敏三倍的左耳：「昨天還好好的，跟她聊天的時候，她明明笑得十分開懷，怎麼突然這樣？」

奕母說：「昨晚吃飯，她說呼吸困難，後來醫生發現她有隱性心臟病。」

奇怪在，奕母語氣異常平靜，宛如跟張三李四說聲早。

「為甚麼從前沒聽說過她有大患？」

「不是跟你說了隱性嗎？哈哈，難道你把我當先知？」

當人家語氣略帶諷刺，你仍苦苦糾纏，這宗罪，叫作自討沒趣。

於是我速速記下醫院地址，連忙道再見，是為識趣。

可是，我已三魂不見七魄，心跳像停頓了似的，連把話筒放回原位這等小事，都告失諸交臂。那帶線的話筒，頓時變作彩色的悠悠球，在離地一至兩呎之間上下來回蹦跳。

尤記得正好三天之前，女同事六月問過我：「整個工場，你最喜歡哪一位工友？」

　　我猶豫了一會，才聽見自己說出了一個連自己都感到驚訝的名字：「奕樺」。

　　三日前的這個答案，三分鐘前的那個消息……

　　浩華見狀，立即施以援手，替我把話筒放好。

　　「李老師，你面色不太好，你沒事吧？」

　　「沒事，沒事，沒事的。」我實在忘了自己說了多少次沒事，彷彿認為多說幾次沒事便真的會沒事。

　　下午，待大夥兒一散，我立即離開工場趕赴醫院。

　　當太陽尚留戀著東方，我依然存有一絲希望。

　　醫院就在不遠處，我運盡丹田之氣，大步大步跑過去。實在，我不怎麼相信，好端端的一個超級大頑童，有甚麼可能一夜之間半隻腳踏進鬼門關？

　　趕到醫院，我輕輕推開病房大門，剛剛跟捧着藥盤預備離開的護士打了一個照面。

　　我尚未開口，護士忙不迭把食指置於唇邊：「謹記小聲點，那小妹妹經不起嚇。」

我呆立原地，不明白其所以然。

當我放遠視線，見到躺在病榻上的那個奕樺，我心直往下沉，最後一絲對奇蹟的盼望宣告壽終正寢。

對，一列列病榻當中，人人搭滿醫療管子，像一式一樣受了傷的機器人。可是，我幾乎第一眼，就已然把護士口中的那位「小妹妹」認出來。

這位小妹妹，是唐氏綜合症、中度智障兼過度活躍症患者，難以安坐。無論晴天陰天，都穿上同一件黃色雨衣。情緒壞的時候，喜歡吭聲尖叫，叫得好比脫韁的小馬，令人耳膜發麻。心情好的時候，又喜歡扮聽教的貓兒，主動伸出小手，交到我的大手之上，讓飾演父親的我，盡顯舐犢之愛，手牽手護送她返回坐位，像護送小小女兒上學去。

她的手，比母雞的爪大不了多少，大約剛好比得上一只普通大小的電腦滑鼠。

她身型矮小，又十分瘦削，誰從後望她，都會把她誤作四至六歲的幼兒。但我們都知道，她年齡其實比我大。

　　唉！如今，她經已不折不扣的面目全非了。這位昨天才跟我說要追看《大長今》的小小女子，全身浮腫，一呼一吸異常用力，像一個充氣過度的洋娃娃。她每吸一口氣，都像有人拿著氣泵往她體內加壓，每一下，都不知哪一下會導致終極爆破！

　　我記憶中，打從中學開始，未曾淌過半滴眼淚，從來不屑收看動不動哭個大半天的韓劇，自誇男兒有淚不輕彈。

　　原來，只因未到傷心處。

　　當視線游移到一雙比我的手掌還要大的超級巨手，我鏡片頓變模糊，潸潸淚下。

　　臨離開之際，我把自己的小手，重疊於這只既熟悉又陌生的大手之上。

　　「奕樺，老師明天再來看你。」我說話的聲音很輕，也很重。

　　天知道她還剩下多少個明天。

　　我把房門輕輕帶上。

　　我呆呆看那扇門，像一只半睡的獅子，一次呵欠過後，緩緩合攏。

　　離開醫院的路，十分之冷清，我走在經已燃點起街燈的柏油路上，靜得一聲鳥叫也沒有，靜得每一格心跳聲都聽得見，何似在人間？成群的燈蛾，留戀著街燈，像定格的龍捲風團團亂轉。木棉樹的影子，像凡心未了的幽靈纏繞著大地。

　　第二天清早，和昨晨的來電差不多時間，奕母告知，奕樺已經撒手人寰。

　　浩華見我呆若木雞，踮著腳走過來，清一清喉嚨，似有預感：「李老師，奕樺是不是已經回到天堂嬉戲？」

　　我不是不想回應他，只是當我欲說出一個簡單的「是」字，卻發現自己短暫性失去言語能力。

　　浩華返回坐位，並沒有坐下，只取過一件用幾張白紙加橡筋包紮而成的、像中藥材的東西，然後又再折返，必恭必敬，雙手呈上：

「這是我們第五組工友湊合給奕樺的帛金，李老師，你也別太傷心了。」

原來他們的「最壞打算」比我預備得更早，更充分，更恰到好處。

既然天下無不散之筵席，塵世間的悲歡離合，不過如此。

我欠身，代奕樺領受同袍小小心意。

奕樺家呢？傳聞早上才白頭人送黑頭人，晚上已動手清理遺物，衫褲鞋襪跟雜物一件不留，亦肯定不會舉辦葬禮之類的告別儀式。

我隔天晚上家訪，代表工友們呈上帛金。

遊目四顧，裡裡外外，除卻月下少一人，一切安然無恙，人人神態自若，並未找到預期中悲慟的痕跡。

奕樺的小小房間，更加煥然一新，置了新窗簾新床鋪新書桌。彷彿他們一家，曾經共同墮進莊周之夢，然後一覺醒來，誰又記得蝴蝶曾經來過人間？

　　不知這是她們的家鄉習俗，還是她們慶幸終於放低多年包袱？

　　窗紗輕輕顫動，一彎下弦月，忽爾明，忽爾暗，我站在跟地中海一樣碧藍靜謐的蒼穹下，感覺異常寂寞。

　　終究別人家事，外人無權過問，我亦不便久留。

　　似乎這件事裡面，最不懂得節哀順變的，無疑是我。

　　翌日回到工場，我返回坐位途中，依稀聽見工友們正在交頭接耳：「噓，噓，李老師回來了，噓，噓，噓，李老師回來了。」

　　然後一整天，工友幹得異常投入，整天完全沒出亂子，生產力驚人，連最頑皮的搞事份子也懂得暫停生事。

　　下班鐘聲一響，我感動得含著淚九十度鞠躬向眾人道謝。

幾天後的早晨，工場的機器運作聲音此起彼落，新的一天又告展開。

我發現奕樺原來的靠窗位置，已有工友擅自取而代之，一向紀律嚴明的我，一反常態，佯裝看不見。

人生如朝露，來也匆，去也匆，何必事事斤斤計較？

假作真時真亦假，短短三數天，真真假假，我已然分不清。

之後兩年間，我再經歷了幾次工友猝逝，眼淚卻再沒流下來，看似應聲成為他們的圈內人。

但我心底裡清楚知道，奕樺的離去，永遠是我「生命中不能承受之輕」。

欲知更多精彩故事，且聽下回分解。

第八回：
我們仨乒乓會中庭
地盤工臨別訴心聲

　　一天工餘時間，我相約闊別多時的女友人甲和男友人乙，聚首餐館。

　　他們皆任職商業機構，薪高厚職，當我談到自己那份卑職，自以為黯然失色。

　　席間，我分享工場種種見聞，初時還擔憂二人會呵欠頻頻，誰知他們興味之盎然，洋溢於表，使我喜出望外。

　　於是，我再跟他們講述一個有關乒乓的故事。

　　故事發生於中庭。

　　一般人心目中的中庭，讓我猜想一下：必然古色古香，選用桃花心木色的圍欄，可以蹲在圍欄下捉蟋

蟀。正中，置一個涼亭，涼亭前鋪一條用鵝卵石堆砌成的彎彎曲曲的小路串聯著，小路通往一條人工小橋，小橋流水飛紅，數十條錦鯉，在池塘內嬉戲，牠們頭頂的圓形小斑點，和背面階梯石狀的圖案在水中互相交錯，驟眼看，如一幅一揮而就的大師級中國畫。太陽，折射出粼粼波光；漣漪，瞬間被雛菊和薰衣草的氣味撫平。到魚兒張口啄食，池水又再掀動一個個圓形的波紋，波紋散開，靜若止水。正是「穿花蛺蝶深深見，點水蜻蜓款款飛。」

對不起，任何你想像中的一切，全屬鏡花，薰暖風一吹，幻象如煙消散。

工場的中庭，只得光禿禿一片瀝青，旁邊置著一張以防水膠套套住的乒乓球桌，因此我根本不曾把這麼一個小小地方放在心上。

✿✿✿✿✿✿

一日小憩時分，累得腰痠目倦，本欲伏桌稍息，又怕不醒人事。無意間，看到百步之外，兩個人，正在中庭猛烈的陽光下，充滿節奏地球來球往，兩片球拍，揮舞得啪啪價響。

心想，難道我在做夢嗎？如此地方，誰人竟諳乒乓球技術，還能夠覓得好拍檔二人對打？

我揉一揉眼睛，步出中庭察看究竟，只見鄰組的春明與方華，正在互相抽擊，抽擊得不分高下。

春明濃眉大眼，滿臉橫肉，他的檔案，說明他從前是地盤工人、屬工業意外康復者。又有流言，說他其實是精神病康復者。孰真孰假，無從知曉，我只知道，他每天準時上班，卻自在逍遙遊手好閒。

方華年約二十五六，身高六呎，手腳瘦長，屬典型自閉症及弱能兒。由於工作勤快，時常被委派到學校擔任清潔工作。跟相同症狀的大胖子崇基一樣，方華長時間活在自己小小世界，卻雙雙擁有一項特長。

「阿明，借我抽兩板。」選擇春明，只因捨難取易。

「借你沒問題，只怕你又給張經理⋯⋯」張經理不喜歡我，原來連不問世事的人都知道。

天下老粗一個樣：啥都不怕，最經不起挑釁！

　　我故意抖著腳，歹惡地笑起來，向他攤開一只手，指向他腳邊一塊後備球拍：「男人老兄，至忌鬧別扭！區區一個張經理，到底你想跟我撇清？還是怕我把你殺個落花流水？」

　　春明果然正中下懷，半秒不到，臉部紅得跟猴子沒兩樣：「當然怕，我怕…我怕……怕你自尊心受創！」

　　方華乖乖讓位，然後向春明說：「十一分，跟隊！」

　　就是這麼，我們仨，相識在中庭。

　　第二天開始，我轉移策略，捨易取難，主動相約方華。

　　可是，一旦離開球桌，他好像不認識我似的。

　　也許，他此刻所需，正是塵世間最優秀之良藥──時間。

　　一日，三人如常切磋球技，期間，瞥見工場社工安姑娘，正朝我們的方向趾高氣揚。看她那副嘴臉，

誰都猜得到，她專誠來給我施一個下馬之威。

　　此女子身高臉圓，僅比方華略矮一點兒，扁平的鼻子上架著一副玳瑁邊圓框眼鏡，兩旁垂著一頭宛如半熟泡麵的長髮。

　　她趨前，道貌岸然，雙手撐腰，金口一開，儼然國際大企業之高級行政總裁：「工作期間，全體職員一律嚴禁球類活動。」

　　是可忍，孰不可忍。

　　「汝貴人善忘，本人跟閣下河水不犯井水，姑娘越俎代庖，實在有違常理。其次，請勿妨礙我跟工友聯絡感情。」說罷，我雙目鷹隼般盯著她。

　　看她閃爍不定的眼神，反映她嚴重低估本人三寸不爛之舌。

　　「你你⋯你若不識抬舉，敬酒不喝，我即時向張經理滙報。」

　　「隨便！阿明，發球！」我盯著春明，作預備接球狀。

春明期期艾艾：「李老師，真能行？你不怕……」

「呵呵，原來明哥天不怕地不怕就怕這位欺善怕惡的泡麵頭社工？」

「老師，我為你好。」春明好言相勸。

我大笑一聲：「好一句為我好！阿明，你的話有如醍醐灌頂！我告訴你，假若今回你我像綿羊就範，以後我便應聲成為此新晉 CEO 的下屬了，堪稱親痛仇快！既然你胳膊並不朝外，懇請高抬貴手，發個球，當發個善心吧，你沒聽魯迅說過浪費別人時間等於謀財害命？知否你差點把我的命都搭進去了！」

阿明聽罷，張大嘴巴像關雲長般仰天長笑，笑得五官連帶扭曲起來。半晌，連旁邊的方華都忍不住，笑得跟張飛一樣響，而且一邊笑，一邊把自己的大腿拍擊得啪啪作響。

我跟方華調笑：「小方你笑甚麼？難道你知道 CEO 是甚麼？ CEO 可不是 UFO 啊！」

方華沒答，笑得更厲害。

三人笑了約莫一分鐘之久，擦乾眼水之後，呼呼嘭嘭的乒乓球之聲又再此起彼落。

「小方，我輸了，你來吧。」

安姑娘的落幕背影，宛如落日下江河上形單影隻的小小孤舟漸行漸遠，賞心悅目之至。

年少的我，哪懂窮寇莫追的道理，只知道甚麼叫欲罷不能！我向著她走的那個方向，大喊一句：「天堂有路你不走，地獄無門偏要投！」

當然，此女子也不是吃素的，後來向我栽贓陷害過幾次，其中一次，她向經理誣告我工作時間躲進宿舍讀報紙一小時！後來，還弄得引起芬尼注意，聽得我冷汗直流：「我看電視劇，狗咬狗骨的，將來都是一對……」

樂極容易忘形，上天自會嚴懲！算是領教了。

彈指之間，半年過去。一天小憩，我正忙著，無暇赴會。

無意間，抬頭一看，忽見高得似長頸鹿的方華，

在人群外拿著兩塊球拍九秒九朝我方向過關斬將飛跑過來。

我興奮得振臂高呼，那種喜悅，勝過人間無數。

小方語言表達能力極弱，每次來邀約，都採用同一方程式——拿著兩塊球拍，走到我附近約十碼處，也不正面望我，自顧自把乒乓球用兩塊球拍互撞，口中發出乍一聽來沒有意義的、像小鳥咿咿呀呀的鳴叫。

假如只有鳥兒才聽得懂鳥語，此刻的我，甘心做一隻小鳥！

事實上，這份小小成就，來得半點不易，因此這份情誼，一直珍而重之。

至於春明，是我離職之前，少數私下跟他話別的工友。

臨別時他道：「你還年青，絕沒留下來的理由。工場沒甚麼技能給你學，唯獨讓你球技變得精進！」

他為人沉默，平常說話不多，簡單兩句，除了使我啼笑皆非，不難感覺到，他對於我即將離開工場，

不是不傷感的。

　　他看似不羈，其實內心好比秋風寂寞。

　　春明又道：「我來工場這麼久，眼見所有職員，男女老少，個個怕張經理怕得死去活來，唯獨你連天地都不怕。」

　　「啊，你說那個連洗手間該放多少把掃帚，都要召集全人類情人節晚上開諮詢大會的高薪低能？我巴不得將他一屁打過江！」

　　「我就是喜歡你夠爽直，說一不二！」阿明施展招牌式仰天大笑。

　　好一個爽直，實在受之有愧，因為我有句心底話，並未曾對阿明坦白：其實我根本不喜歡乒乓球。

　　隨著鐘聲價響，中庭回歸靜寂。

　　我、春明及方華三人，最後最後一次合力將防水膠套，套於折疊好的球桌之上，我們仨的幃幕，亦告正式落幕。

　　我心裡暗暗跟小方華說了千萬句對不起。

　　估計往後歲月，也再難再難重拾乒乓球的興致。但何時何地，只消閉上眼睛，我便聽得見那中庭嘛嘛啪啪的天籟之聲。

✦✦✦✦✦✦

　　女友人甲和男友人乙聽畢，像欣賞完一齣精彩的播音劇，齊以掌聲鳴謝。

　　女友人甲笑我：「世人攀龍附鳳，猶恐不及。而你，和工友樂也融融，跟社工、跟上級卻鬧得水火不容，有時真不明白你這種怪人葫蘆裡賣甚麼藥。」

　　「余慣於馳騁荒原，不慣聽庸才發號施令，我這種真性情，只怕一時半會兒也改不了，亦自問沒有改的必要。」

　　「無論如何，估不到你來到全新工作環境，接受如斯另類挑戰，竟會幹得如斯漂亮，我著實替你高興。」

　　「你可曾聽說過，鬼魂其實一點都不可怕？」

　　「為甚麼？」

「因為鬼魂不懂害你，在生的人才會。」

「嘻嘻，說得也是，但我不明白你究竟想說甚麼？」

「智障的人不可怕，聰明的人才可怕。」

「嘻嘻嘻，說得對，說得對！」女友人甲露出醉人微笑，一臉大徹大悟的模樣。

只對人，不對事，從來是吾生格言。

男友人乙不甘示弱，話鋒尖銳：

「一個眼睛裡容不下沙子、每遇不公平事不惜當街破口大罵的怒漢，怎麼忽然轉死性，做起善事來？」

「此言差矣。首先，吾從來討厭他人讚我茹素慈悲為懷，若能視茹素為自身該做之事，吾欲問：『何慈之有？』吾亦不屑他人誇我紆尊降貴，大材小用。反之，工友們每天盡心盡意為我效勞，為誰辛苦為誰甜？借問：『吾何德之有？』我由衷認為，工友對我尊重，全因我懂得欣賞他們的優點，漠視他們的缺點，任何人際關係，不外如此。」

我笑著補充一句：「不過，千萬別叫我去賣保險。」

男友人乙笑道：「你能夠有自知之明，可謂瑕不掩瑜啊！」語調好不諷刺。

三人嘻嘻哈哈將笑起來。

可見男生跟男生對話，也有一個好處：不必口下留情。真正好友，無論話鋒如何尖銳，最終自會一笑泯恩仇，英雄惜英雄。

欲知本章最後一個故事，且看最終回。

最終回：
俏工友高歌陷囹圄
李某人忍淚別江湖

　　我在工場，時常會產生一種幻覺，覺得自己正蹲在門檻，欣賞小螞蟻合作搬家。

　　重複的工序，局促的空氣，散播睡意的各種藥物（大部分人每天要定時吃藥），千篇一律的工場生活，並未使他們失去對生命的熱情：你送他們一支棒棒糖，他們心滿意足；你安他們一頓粗茶淡飯，他們吃得開眉；你罰他們暫停工作，他們如被抄家般哽咽求饒！

　　無論高興還是失意，只要看看那一只只粗短的小手，笨拙地提起小小透明膠袋，把膠餐具逐一逐一放進去，然後一排排整齊地鋪排於篩子之內，放滿了，仔細盤點，如數家珍，我就莫名感動。

　　一日，「蒙古症兒童」小余在我面前晃來晃去，只見他鬼頭鬼腦，貼近我，彎下腰，伸長脖子，像醫生給病人作例行檢查，拈起我懸掛胸前的小小陶笛，用掌心輕柔地把玩。

　　小余已屆而立之年，五短身材，大約四呎左右，不比德蘭修女高，手足患有嚴重濕疹，紅彤彤的皮膚粗糙得像魚鱗似的。

　　也許因為他笑容可掬，也許因為他擁有一雙會笑的眼睛，也許因為他嬌俏得如同卡通人物，雖屬半啞巴一名，卻是瑕不掩瑜，工友都對他另眼相看。

　　難怪塵世間聰明的俗人，統統爭相賣笑求榮。看，小小工場，大大大孩童，還不是一樣現實？

　　無真本事、靠時刻板著臉擺架子先發制人的，統統都是大大大大傻瓜。

　　誰說不是？

　　我手趨近，輕按其肩，低首笑曰：「小余同學，工作期間，敬請安坐。」

　　小余把陶笛自掌心輕輕滑下，將之撫平於我胸襟，見陶笛貼伏了，才指指自己座位，跟我比一個「OK」手勢。

　　我回敬他一只大拇指。

　　他動作極遲緩，一舉手一投足，宛如慢鏡重播，容易吸引注目。只見他尚未回到坐位，其他工友已然暫緩工作，一個個像扭股兒糖擠擁過來，將我重重包圍，如子彈般連環問日：

　　「老師，你掛⋯掛著的是何方神聖？」

　　「是不是交通警察給你的手信？」

　　「還是茅山道士降魔伏妖，你途經現場，順手牽羊？」

　　「老師，能吹大長今乎？」

　　當他們天馬行空，永遠超乎你想像。

　　鄰組工友，工作得正如火如荼，我這裡卻喧鬧得如瘋狂大減價之跳蚤市場。

　　為控制現場，我先來一招包拯上身，一手揪起手邊的膠紙座猛力敲擊，再模擬魔法師詭異之聲調曰：

　　「各位工友，跟各位正式介紹，這東西姓陶，單字一個笛，是一支魔笛！只要你們願意靜靜安坐，我樂意為大家⋯高⋯歌！」我故意將「高歌」兩字之聲調壓得非常非常之低。

　　聞言，他們立刻安坐，我即席吹奏一厥電玩遊戲之歌──「俄羅斯方塊」。

　　歡騰的樂聲，跳躍的節奏，有如奇幻魔法，俘擄眾人靈魂，齊聲拍掌大叫「安歌」！

　　鄰組導師陳姑娘見狀，本來像活豬肉一般白皙中帶些斑點的胖臉，瞬間黑如木炭，像煞包拯。

　　可恨此位半老徐娘，辦起事來半點不「青」，堪稱刁婦一名！她一時趾高氣揚，一時標奇立異，一時語無論次！至有趣，莫過於聲稱生平至忌榴槤飄香，私下立例嚴禁工友進食榴槤！

　　試問看官，余吃素，難道要整個工場禁肉不成？余以為，在她麾下的工友，慘過坐牢。

人說相由心生，不知是否她平日過於尖刻，嘴角上兩道八字紋，像用鑿子刻出來似的。

前一個新年，我和芬尼攜手向工場近二百工友大派婚前「紅包」——榴槤糖一粒，人人有份，永不落空，正式向陳某拋下戰書。

那次她的臉色，並不比今次差。

做人，無非各種各的花，吾跟小伙子們補補音樂課，與爾何干？見仇人含恨，我惡向膽邊生，又向眾人宣佈：「老師尚未摸透此寶物之無邊法力，請給我一點時間練習練習，不日邀請你們光臨魔笛演奏會！」這次，我把「演奏會」三個字的音調飆得非常之高。

說罷，全場起哄，歡呼聲遍佈過萬呎工場，絕對比得上高朋滿座的紅磡體育館！

陳姑娘按捺不住，惱羞成怒：「李老師，工作時段，敬請自重！」

哈哈！難得你自投羅網，我豈能善罷甘休？

我翻翻領，擺手笑曰：「陳姑娘，閣下任職庇護

工場，何以為富不仁，像馬克思口中的資本家一樣壓榨工人？君子無終食之間違仁，替他們刻板的工作，增加一點點歡樂，是為人情，本無冒犯之意。適逢閣下原來如斯厭惡音律，那麼，好，擇日不如撞日！」

我重新把陶笛置於嘴唇之間，吹奏工友們最最最喜歡的「監獄名曲」——《友誼之光》。

魔笛之聲再起，工友倍加興奮。

陽光透過殘破的庭院灑滿四周，使一排排日光燈全部黯然失色。窗外三數喜鵲，昂首並排站在枝椏上歡騰和唱，舞動得枝椏不住搖擺，彷彿快將承托不起牠們身軀的重量！

少頃，浩華、豔玲、志偉、惠貞、嘉榮與小燕子眾志成城，手牽著手，引吭高歌：

「人生於世上有幾個知己，多少友誼能長存，今日別離共你雙雙兩握手，友誼常在你我心裡……」

然後，第五組三十四位工友參差不齊地和唱起來，連半啞巴小余亦跟隨眾人發出「呀呀」的聲音，工場彷彿瞬間變成監獄，人人身陷囹圄。

　　雖說他們個個聲量大如洪鐘，五音不全兼咬字不清，但是，在我那一雙極靈敏、極怕吵、卻對人不對事的耳朵裡，那是最美妙、最和諧、堪稱如鼓琴瑟的室內交響樂。

　　右邊靠窗的方向，我隱隱聽得見小奕樺為同門努力地拍掌。

　　奏畢，他們全體跟我調笑：「李老師，你出獄了！」

　　我忙不迭扮演男主角出獄，背對兄弟們舉起五指高聲約定：「兄弟們，外面的世界再見！」

　　當時笑聲背後，連我自己都預計不到，短短三個月後，會選擇和工友們不辭而別。

　　其時正值嚴冬，太陽下山時間比較早，下班時份，天色已近黃昏。

　　我，縱使，對夕陽無限依戀，無奈人生有更重要的任務。

　　我實在不忍心看他們扯破我衣袖哭個大半天，更

不忍心他們看到我不敵膚淺，老淚縱橫。

【後記】

曾有智者告誡：「帥或不帥，並非由自己定奪，而是由看你的人來告訴你。」

那麼，我的陶笛首演，可說取得空前成功。雖然，這裡沒有專業的行家，也缺少歌德式建築的繁華。但是，這個低一點的國度，無疑是我今生最難忘的演奏廳。

偶爾，我會偕同內子芬尼重遊相識之地，但只限於工場附近。

至今，我一直未曾知道，究竟那些曾經跟我稔熟的可愛面孔，是否依舊快樂地存活於世間上。我只知道，他們在我深厚的記憶之中，一直別來無恙。

＊《低一點的國度》全文完 ＊

第三部份

陶笛家的

新詩

三篇

如果妳發現，

一切，一切，是愛的佇留，

就讓如歌歲月，在我倆的指縫，

輕輕，悄悄地溜走。

愛的保留 ——
贈芬尼

如果妳發現，
我偏愛站在妳的背後，
是怕，怕被妳看穿，看穿我離不開妳的手；

如果妳發現，
我從未在漆黑中捏著妳的手，
是怕，怕妳誤會，誤會我迷惑妳於爛漫的節奏。

如果妳發現，
我避免對妳如影般追隨，
是怕，怕妳從溺愛之中，嚐不到忐忑的感受。

如果妳發現，
一切，一切，是愛的保留，
就讓如歌歲月，在我倆的指縫，
輕輕，悄悄地溜走。

沒有回憶的
冬季

那年，雪花紛飛的時候，
妳在這裡，我在這裡。
妳說過，
我從後緊抱妳的力度，
使妳不懼怕失去。

如今，妳不再在我心裡，
妳也失約在這裡。
莫怪誰！
那風、那積雪、那枯枝、那泥濘，
沒什麼不會失去！

上善若水

你靜靜遙望遠方，
我輕輕別轉臉龐，
既然，你開不了口，我欲言還休，
不如，默默，記住彼此雙手最後的溫柔。

當妳泛舟的波光，
和我背影相交會，
我知，我知，這個故事已到盡頭。
與其努力揮手，
不如默默吹奏，
至少，能為妳鐵了的心，添上一絲絲哀愁。

世界上最遙遠的距離，
就是當我鐵心放下妳，
妳才發現，離開，原來是為了等我對妳說一聲留下。

花會凋謝，人們才期盼春季；
荼蘼開了，才懷念櫻花的美麗。
這次暫別，縱使天意難違，
也許，就是為了他日重逢，加添一點瑰麗。

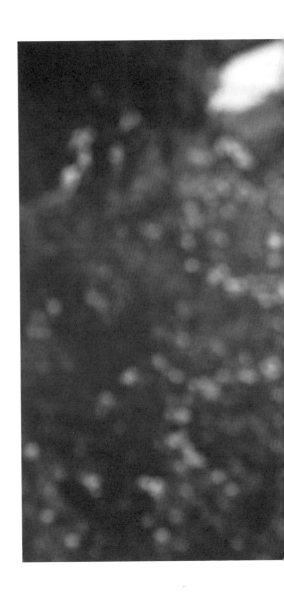

第四部份

溫度剛好，謂之

人生

不帥，會沒朋友；太帥，會帥得沒朋友！

溫度剛好，謂之人生。

給朋友──
這麼遠，那麼近

Lee Ocarina 語錄：
別站在煙火背後，
悼念繁華的盡頭。
策馬奔騰千里外，
星空萬里沒盡頭。
Do not be dispirited by the
obsolete ticket.

那四句，不是唐詩，是我懷著戰戰兢兢的心情，寫於異國列車之中的贈言詩。

還記得那天清早，藍天白雲亮晶晶，「空調」中的玻璃窗，卻像晶瑩的巨冰！

難得它們不失熱情。

那陌生的街道，那路邊排列成直線的法國梧桐，那宛若一比四十模型的排屋，在眼前形成無數條動感十足的橫紋，和合著舊式錄像機快速倒帶的刺激感揚長而去。

這塊「冰」，像哪句熟透又爛透的對白？唉，又忘記……哈哈哈哈，又忽爾記起：像一幅會流動的畫！

可恨定睛良久，我的頭顱在顛簸晃蕩之中化作了一個篩子，那欣然愜意的感覺，直往一個個小小篩網流竄，使我重陷幾天以來的沉思當中。

不要緊，我思故我在。

幾天以來，我一直都在想念一位剛經歷離婚悲劇的異性朋友——少數不必臉書生日提示，我可以不假思索說得出她出生年月日的管鮑之交。

可是，男女之間的友誼，卻普遍存在一個弊病：當各自找到意中人，自然重色輕友。

　　當彼此的動態消息，隨著時間變得落後，總又假設對方生活永恆燦爛桃花依舊，成為懶得更新之最佳藉口。

　　我跟她最後一次會面，正好她新婚燕爾，爆竹之迴響，言猶在耳。誰知，闊別三數年，偶然街頭遇見，才得知她已然踏過滄海桑田——少了一個不忠的丈夫，多了一雙幼兒，好好一個家，人面全非。

　　唉，我猜想，若然有人告訴她，可以躲得過黃粱夢一場，她一定寧願被兩百磅壯士毆打至遍體鱗傷！

　　我痛恨自己，自詡飽讀聖賢之書，創意無邊，書到用時，只能徒嘆奈何，悲悼人生無常，口袋裡，竟然翻不出一句半句中庸的貼心的有療效的至理名言，就連可以放諸四海的衍文行話都茫無頭緒。

　　我經常教晦學生，沒有人會為了學懂吃飯和睡覺而顧盼自豪，因此，把「難」字常掛嘴邊，儼如扛起大石往自己腳上擲。平常宣揚這種言辭，我明明振振有詞，從不怕開罪人，亦不必假以辭色。

可是這一回，簡直比叫我赴湯蹈火還要困難！每次想抓起電話，跟她說三兩句溫馨的鼓勵說話，思前想後，還是選擇揞口，免得覆水難收。正是「多言而不當，不如其寡也。」

試問如斯田地，誰還有興致飾演問題學童，聽校園社工隔著玻璃說道理，被告誡應該原諒別人放過自己？

撫心自問，同樣災難，任誰亦難言經得起風吹雨打，那又何必火上澆油大說風涼話？

無奈，把視線回放車廂之中。

對面，坐著一雙老者，我不方便盯著人家，免得多瞥兩眼，人家反用眼神質問為甚盯住他，冤冤相報何時了？

哈哈，不必訕笑，究竟是誰發明車廂這怪東西？車廂，有如不分國界的困獸鬥，每天把許許多多素未謀面的血肉之軀，困於同一狹小空間，當你自以為握有選擇各式各樣交通工具之權利，每一個車廂，還不是個個肚滿腸肥？

　　諷刺地，任何車廂裡頭，你我他同處幾近伸手可及的距離，任你如何伸盡手臂，亦難以將彼此的內心世界拉近。

　　也難怪，如果連朝夕相處的戀人，愛情路上，亦難言穩操勝券，那麼，人與人之間相處的公式，相信連最頂尖的奧數專家，也誓必束手就擒，俯首稱臣。

　　既然如此，與其理性，不如感性。臨下車前，我用手機，默默記下：

　　別站在煙火背後，
　　悼念繁華的盡頭。
　　策馬奔騰千里外，
　　星空萬里沒盡頭。
　　Do not be dispirited by the
　　obsolete ticket.

　　然後，加上「給朋友」三個字，發送到臉書。

　　可能你會問，那是起死回生的仙藥？還是久旱中的甘露？無他，代表曾經花過心思，並非素昧平生而已。我只冀盼，文字，可以化作她下一段戀愛的妝奩，

他朝好友回首前塵，會記得背後曾經有我這個只對人不對事的特種戰友。

朋友的讀後感，甚至是否懂得對號入座，我亦無從知曉，更遑論揭曉能否收到物輕情意重之效。

大概只有俗套的人才會追問朋友不願多提的事情，也只有俗套的朋友才會喜歡故作矜持欲拒還迎。

往後歲月，從她偶爾零星的短訊，得知她已投入新的戀情，新戀情不亦樂乎，我忙得不可開交，自然再度生疏。

與其慨嘆時間不知去了何處，不如讚揚歲月絕不偏袒任何人。

人生的列車，每日駛往未知的驛站，你有你的，我有我的，方向。沿途，會碰上甚麼人，遇上甚麼故事，乘客無從臆測，無論喜訊襲來，抑或惡耗降臨，只有默默承受。任何人向君說過甚麼話，只是陪伴芸芸苗壯成長過程中的一絲水滴、或菸霞、或養分。

也許，某一天某個站，彼此會再相遇。

也許永不。

一個思念的晚上，天邊劃過一道會發光的眼淚，半秒不到，剩下一條模糊的白線，隨即又像粉筆字，散落於漆黑裡。

我思前想後，內心一片清淨，有如夜空澄明。

我是否該將妳比作流星？（Shall I compare thee to a shooting star?）不，流星，還不是妙齡豔女一名？光得一身亮麗卻寡義薄情！它好日不見蹤影，你欲見它一面，得隨時候命，難得出現，許半個願，說散即散，看似這麼近，其實卻那麼遠。

哪比得上真摯的友情？即使不在身邊，肉眼看它不見，可以互相牽掛，可以懷緬，可以紀念，可以祝福，可以問候，可以留言，看似這麼遠，其實卻那麼近。

只因落花
不會停留

Lee Ocarina 語錄：
不捨得懷緬，不等於不念舊，只因落花不會停留。

別慨嘆林花謝了春紅，太匆匆。

大概「娛樂」配額已經用盡，但凡娛樂，我都不屑一顧。

早年，為給孩子打造一個沒有電視的家居，早已拔掉電視天線，使電視機榮升客廳巨型擺設，高貴時尚大氣，至多供小兒玩玩 XBOX 遊戲機。

吾又奉行素食主義多年，煙酒不沾。

當太多朋友怨懟我的手機跟暖水瓶無異，為免厚此薄彼，乾脆永久關掉鈴聲，彰顯公平公開公正。後來，發現手機有「請勿打擾」功能，遂把接通的特權頒佈三大長老：老婆、老母及老師。

聞說，賭徒於牌局中，十分忌諱別人將手搭在其肩。因為，手一擱上來，多半是黃鼠狼給雞拜年——沒安好心。不是放貸人找你追債，就是某個輸大錢的倒霉鬼希望把邪氣轉嫁給你。

正如我痛恨殺豬似的追魂鈴。鈴聲，不是鍥而不捨的銷售來電，就是招募我吃喝玩樂，或者閒來無事找我笑談風月。

為防打斷工作思路，吾統統無意奉陪。

當然，我天性並非如此。

年青時的我，是一個超級多面人，一時靜態，一時動態，一時匿藏自己世界，一時天下大同。

獨處的時候，我常常問自己，孤芳，為何不可以自賞？偏偏另一個我，大唱酒逢知己千杯少。

　　我喜歡運動，年青時踢足球打網球，我未必每次第一個到達，但差不多每次都是最後一個步離球場。

　　我不喜歡校園生活，放學後，別的同學乘坐十五分鐘直達市中心的交通工具，我卻每天用幾倍時間步行下山，偷嘗離群索居之快樂。

　　和酒肉朋友切磋牌藝，我一日尚未殺光對手身上積蓄，或是我尚未甘心宣告無以為繼，不和同道者奮戰至最後一刻，不算分出王與寇。等到財散人安樂，「王」宴請「寇」吃早餐，皆大歡喜眾樂樂。

　　有一段時期，我曾經是一個超級「英超」迷。英超的直播時段，比較各國聯賽特別，它們開場早，散場也「早」。所謂早開場，泛指逢星期六日晚上約七至八時開始直播頭場；所謂「早」散場，就是一場跟一場的看，你大概可接續看至五更，到時候再加插一場西班牙聯賽，該差不多是時候邊品嚐早點邊欣賞日出的壯麗，你說早不早？

　　還記得某天五更，眼看球證哨子將鳴，眼看愛隊即將俯首稱臣（愛隊即我下了賭注的一方），竟然及時扳平。我跳往電視機前狂歡熱舞，狂喊進球英雄之

大名。忽然，門鈴大作，往後情節相信諸位不難估計，口角內容堪稱兒童不宜，多說無益。

和知心好友，可以大家背對背不說一句話，各自數算當晚有多少對情侶由東步向西，然後多少個時辰後由西邊折返。風吹過，一起欣賞落葉在腳邊飛舞，欣賞塵土與鮮紅塑膠袋像貓捉老鼠般團團亂轉。

如此，在公園坐到天明，只為了等待天邊第一線金鑠。

和紅顏知己電話聯繫，笑談間，偶爾靜下來，感受對方的呼吸節奏。曖昧間，連牆壁的掛鐘，都不自覺地把節奏弄丟。夜半無人私語時，你不說晚安，我默許接續，一方倦了，彼此捏著電話進睡，只為了醒來能夠聽到對方跟你說聲早。

直到某天，西邊現出一抹暗紅，我靠在陽臺上，品嚐抹茶芳香。夕陽的餘輝，自羽毛狀的葉縫中碎碎落下，微微刺目之間，但見迴旋形狀的緬梔花，在秋風的圓舞下，冉冉飄墮，儼如雪花，不覺神往。

莫言三十是年少！多少年來，看門前花開花落，聽晚雨時重時輕，太盡情，太盡興，腐朽給我化作神奇，無聊給我當成趣味。直到情熱的煙火失去矜持，娛樂的配額燒成灰燼，我明白，是時候披上大衣脫離塵俗，昂首步向另一個起點，繼續我尚未完成的「單車之旅」。（詳情請翻閱《陶笛家的‧單車之旅》）

或許，有日碧雲天，黃葉地，我會重拾地上落花，研製成中藥，或製成涼茶，滋潤千千萬萬個他。

收起感慨，回憶，可以使你堅壯、堅強。傷感，不如感性；感性，不如感激。

不捨得懷緬，不等於不念舊，只因落花不會停留。

陶笛耳

Lee Ocarina 語錄：

要在喧鬧中聽得見塵土翻飛，才能吹得出情感中的若即若離。

若然有人問我，你最不滿意身體哪一個器官？我會毫不猶豫回答：「耳朵」。

看官或許訝異，性能卓越的音樂人耳朵，不正正使我演奏時候如有神助？

各位有所不知。職業陶笛家，耳朵之靈敏度，要求比其他吹奏樂器更高。陶笛的音高，不僅取決於氣息的快慢強弱和吹氣角度，就連手指左右滑行都能夠左右大局。因此，陶笛的音準控制異常困難，你造詣越高，聽覺之開竅程度自然越高。

　　漸漸地，桀驁不馴的超級靈耳自會越俎代庖，無論甚麼聲音，都擅作主張替你照單全收，無論你喜歡與否，統統統統不容置喙！信不信由你，不少曾經在我客廳中胡作非為的蚊子，都得折服於負責給我通風報信的那雙陶笛耳。

　　算是另類的苦中作樂吧。

　　唉！不知是否人類的祖先亞當夏娃犯了罪，天父才跟我們開這麼一個天大的玩笑，賜予我們一雙能開不能關的問題小機件？抑或造物者有意無意，為其藝術大作留下若干缺陷美？

　　世人皆有罪，神的旨意，你我無權過問，亦難以參透。

　　如是者，無論經歷多少千秋世代，人類只好扛著這雙不完美的藝術品，默默享受與承受聲音的萬花筒，在繁華盛世之中苟且偷生。

　　風沙穿梭黃土的呼嘯、微風擦過樹梢的琶音、夜鶯之歌替三角龍的怒吼伴奏、洶湧的波濤沒止境地掌摑屹立不搖的花崗大石……你說大自然的呼喚何其壯麗！

　　且說說動物。聞說恐龍之聽覺，跟鱷魚十分相近。於是，科學家欲研究恐龍的聽覺，都以後者權充替身，將之麻醉，再給牠們戴上耳塞式耳機，以收集鱷魚對各種聲音之反應。

　　我非科學家，實驗細節，自然不甚了了。不過，既然實驗可以完成，可見動物的耳朵，其實跟人類同病相憐，沒有選擇聽或不聽之權利。

　　但是，白堊紀時代天空海闊，僧少粥多，簡簡單單弱肉強食，空間之廣尚且有處可逃。假如恐龍厭倦了某些聲音，大可轉往他方，其耳根一樣清靜。

　　若然叫我寫「聲音進化論」，其轉捩點，必然在於塵世間誕生出一種被稱為「人類」的動物，聲音的演化，便遽然出現翻天覆地的巨變！

　　如果老子認為，好聽的「五音」尚且「令人耳聾」，真難以想像李耳先生跨越時空來到民初，場面何其滑稽！諸位如欲跟他開一個玩笑，不用大施魔法，只消挾持他坐一轉蒸氣火車，我保證他掩著耳朵喊著折返春秋時代！

　　事實上，蒸汽火車與車軌磨擦發出強制執行的軋軋聲，加上燒煤、柴油機、壓縮機所產生的噪音，鐵路工人大概面對面扯盡嗓子，也未必足以傳遞訊息，可能乾脆比手勢更有效率！

　　汽笛的仰天大笑，更只怕令「詩仙」也不欲「出門去」！

　　鑽木取火的劈劈啪啪，演變成大火爐煉獄般的「熊熊」聲；築樹屋建木屋的敲、鋸、鎚、撞，演變成興建摩天大樓的地震式轟鳴；鑄造工具或原始武器的「霍霍」聲，進化成工廠和大企業無日無之的各種聲音污染；馬的嘶叫、馬車的「轆轆」聲，進化至大城市的車水馬龍！

　　其變化之恐怖，不是不令人嘩然的。

　　唯一安慰，現代地下鐵運行的聲音，雖難言清靜，但和蒸汽火車相比，已經不能同日而語。

　　既然人的情操長高了，容忍限度也降低了，可以還我一厥寧靜了？

可惜，大部分人的聽覺，明顯並未跟隨時代進步。

例如，都市人乘坐地下鐵，似乎對別人不佩戴耳機追劇尤其厭惡。觸犯此頭號死罪者，人人得而誅之。奇怪的是，對於乘客電話傳情，或「現場直播」的高談闊論，卻又見怪不怪視若無睹。即使你一心替天行道，把那些喊破咽喉講電話之老粗刁婦臭罵一遭，其他人，不單吝嗇一聲「多謝」，還會以怨報德，贈你鄙夷目光！

更奇怪，有人明明相識，偏偏坐得老遠，在眾目睽睽之下表演隔岸對唱，聲調之高，儼如果欄掌櫃耳邊叫賣！乘客，卻木知木覺，鮮有人認為不妥，繼續低頭滑手機。

而我這一雙「陶笛耳」，對於以上的惡行，統統承受不了。更甚者，古時有「四面楚歌」，現代則有「四面廣播」！那些劣質播音機，總有一個在你左近，時時刻刻提醒你舉頭三尺有神明！而且，還要穿上假文明的衣裳，每隔兩秒三語循環轟炸！其令人煩厭之程度，絕不下於深水埗「肥仔開倉」之放射式廣告，更足可媲美童年時候考試不合格跪著被母親訓話兩小時！

　　既然我不可能做逃兵，跟陶笛老死不相往來，唯一辦法只有自救，每逢上街，我長期佩戴降噪耳機；睡眠，我使用效能最強的耳塞，加兩把面向牆壁呼呼「陪睡」的電風扇。

　　看官可能會問，電風扇和隔音有何關係？

　　假如你和我一樣，經常在熟睡中被吵醒，建議大家不妨動手試試我這種自創的「陶笛耳隔音法」。假使這法子管用，你不必向我三跪九叩喊多謝，替我多多宣傳《祝君旅陶愉快》就行！

　　可恨的是，對於黎明時份，家人輪流雞啼般的鬧鐘轟炸，我至今一籌莫展。

負負得正

Lee Ocarina 語錄：

某人看不見世界，你硬要他睜開眼睛，純屬矯枉過正。

我們都知道，越真摯的友情，彼此承諾太多，好比不速夜雨敲破風鈴。

❖❖❖❖❖❖

你視力正常，不代表他比你明白得少。

我曾經跟著名陶笛大師董文強同場演出（他是一個失明人），他的高超技巧，使我折服得五體投地。

是不是你收看三流電視劇太多，認為必須把「忠」字鑿於額上，「義」字印於襟上，才算真漢子？摯友，又是否必須喝同一罈酒，穿同色衣服，不管

三七二十一報讀同一科目，然後承諾約會時永不攜眷不醉無歸才不算重色輕友？

根據歷史，這樣的友誼，最容易反目成仇。

事實證明，世俗的眼界，並未如諸位想像中懂事。

我時常見電視劇引用「相濡以沫」來形容溫馨的愛，但其實莊子這句說話，下一句原是「不如相忘於江湖」，勸喻世人放下執著。

小時候，又時常聽長輩引用「貧賤夫妻百事哀」來告誡我長大後必須努力掙錢養妻活兒，但其實這句說話，原是至情至聖的唐朝詩人元稹為悼念亡妻所譜寫的感人詩句。

當然，我不是教你多做多錯，少做少錯，然後啥都不說，啥都不幹。反之，假使要幹，就要涇渭分明，幹一些對結果大大有利的事情，還要大幹特幹。

正常情況下，世上任何比賽，冠軍只有一個，其餘百份之九十九都是落敗者。王者，自然擁有獨特的思路和做事方法，才能夠將其餘的人統統比下去！

　　偏偏大部分人，習慣性盲目跟隨百份之九十九的人，人家做甚麼，他便做甚麼。所謂一犬吠形，百犬吠聲。你以為這叫不甘後人，我說你隨波逐流而已。

　　更愚笨的人，上街買一杯飲料，不是比較誰家出品味道佳，而是比較哪一家門外最多人排隊！許多人，就是這麼犯賤，見輪候者眾，就爭先恐後仆進人叢裡去，罰站一兩小時視作等閒，不哼一句。離開，還不忘咧嘴裝可愛，自舉手機免費幫忙「打咭」宣傳。到下次大駕光臨別家沒人輪候的店舖，等不到兩分鐘，就衝入人家廚房質問為甚要他等到天昏地暗。

　　有時，我會納罕，為甚沒人懷疑那些多得像盤纏了一圈圈的蛇身之輪候者，可能八成都是商家的「員工」？

　　又見不少家長，聽聞人家的孩子放學後補習三小時，經一番天人交戰，還是怕吃眼前虧，依樣畫葫蘆安排子女瘋狂補習，結果現在全香港大部分兒童的生活都窮得只剩學校和補習社！只可惜，卻不見香港學子才智蜚聲國際，還落得共負「文化沙漠」之惡名。

一兩歲的學前班更可笑，學童因交叉感染帶回家的病菌，只怕遠遠多於學問！

程頤道：「學貴專，不以泛濫為賢。」古希臘哲學家德謨克利特說：「不要企圖無所不知。」可見成功人士，都必然明白集中火力的重要性。假使你學盡十八般武藝，代表你沒有把心思放在同一個領域，不是每件事情學不到皮毛，就是習慣三分鐘熱度，注定正式註冊為大名鼎鼎之「失敗專家」。

贏在起跑線，從來不算作勝利者，任何競賽，只會向有能力跑到最後的王者加冕。

小時了了，大未必佳。你說一歲未夠擁抱一大堆迪士尼英文繪本、兩歲入讀學前班聒噪、三歲委託工人照顧、小學開始瘋狂補習的孩子走得遠，還是六歲前輸你九條街、六歲後致力培養古典音樂跟英國文學的小孩有能耐？

我兒子，就是採後面的方法教出來的。早年，他的英語程度，的確跑得比他人緩慢。但打從十歲開始，小學英文科及音樂科年年全級第一。名次，當然不足

以完全反映實況，至少代表他已經從後趕過所有當初拋離他遠遠的同齡朋友。

我教兒子看中文書，和英文書一樣，要他先查字典，我才開始解讀。若他偷懶，有邊讀邊有字讀字，不求甚解，純粹瞎猜，我一定嚴懲。而且，專攻文言文，絕不碰學校教材。人，習慣讀有難度的東西之後，對於走馬看花的學校教本自然得心應手。陪他讀書，那及得上教曉他怎樣讀書？

有愚人問，中文也要教？這原是個白痴的問題！不如我來問你，是否老外就一定英文好？香港人就一定中文好？假使這樣，香港的藍領工人，豈不全部鯉魚躍龍門成為劍橋與哈佛與耶魯與哥倫比亞皆趨之若鶩的中文系教授？

跟我說音樂和學業不能並存的家長，我只能以無知來形容。音樂，不僅絕不影響學業，更加能啟發學員智慧，相得益彰。

你硬喜歡「跟風」，又帶點叛逆，我經常教學生一個兩全之法，可擔保你負負得正：先確認一個你心

目中認為最最最失敗的人，作為「榜樣」，然後，以全部行動跟他反其道而行為終極目標：

　　他煙不離手你清茶淡飯，
　　他酒不離手你滴酒不沾，
　　他電視送飯你專心吃喝，
　　他見利忘義你知恩圖報，
　　他滿口謊言你謹守承諾，
　　他無心向學你持之以恆，
　　他揮霍無度你勤儉樸素，
　　他手機不離手你書香滿屋，
　　他言談粗俗你溫文儒雅……

　　我保證，他朝的你，勢必成為別人爭相頂禮膜拜的「朝聖」對象！

新相對論

Lee Ocarina 語錄：
繆思（Muse）遇上嫦娥，英雄相見不相識；
未懂世情的精神科醫生，才會嘲笑瘋子。

日常生活之中，我們都很容易下意識做出一種天大傻事——唯我獨尊。

例如每晚回家，你覺得應該養成良好習慣，每次把手機放在某幾處相同的地方，免得夜夜翻個底朝天。

但幾乎人人家裡，總有個冒失的成員，經常要借用你的手機，來撥電話打給他自己！

有時，你很希望知道，他們想尋回的，究竟是失物，還是迷失的自己？

但你有否想過，他們正在納罕，責怪你竟然到現在才發現他們的聰明才智！

行人埋怨紅燈時間太短，司機咒罵紅燈時間太長。這件事，比水晶還要清楚：兩個人，看的是兩盞燈。

當「聰明」放肆地嘲笑「冒失」，「冒失」認為「聰明」忘記了他的名字其實叫「率性」。

「黎明」倨傲地取締「黑暗」，月亮竟夜投訴太陽為何不早些出來輪值。

小明埋怨啞巴不說話，對方哭訴小明為甚麼不努力學習手語？

秒針取笑時針身材短小，時針質問秒針為何橫掃亂撞！

當太陽無視晚空，萬千星宿勢必黯然失色。

當音樂家和觀眾席相依為命，代表音樂會已到了散場時候。

當巴士車長玩弄乘客，他也許忘記千千萬小市民才屬他的幕後大老闆。

當大亨歧視建築工人，他也許忘記正是千千萬工人用血與汗助他建立不倒之地產王國。

你可以跑到世界最高之處，感受只屬於自己的宇宙，可是地球永遠都不懂因你而自轉。

這些，都是鐵一般的事實，人生於世，只要你身邊還有「人」這種動物，就注定你不能夠只用自己的眼睛看世界，也不可以只站於自己角度看事情。每個人，總有屬於自己的角色，犯不著看不慣人家的角色，這個道理人人都懂。可是，人身在其位，往往不容置喙。

不過，人生最妙之處，在於同一個人，得飾演不同角色，無論你貧窮尊貴，你有機會關照人，人亦有機關照你！只可惜，偏偏巴士上通勤的醫生才記得自己都是凡人，躺臥醫院病榻的富豪才記得自己是人不是神！

君不見天下間最最最聰明的人都爭相承認自己是個蠢人，最最最蠢的蠢人卻唯恐天下不知自己是個聰明人？愛因斯坦說：「我沒有特別才能，我只有熱烈的好奇心。」（I have no special talent, I'm just passionately curious.）蘇格拉底不遑多讓：「我唯一所知的就是我一無所知。」（I know nothing except the fact of my ignorance.）

我們這等俗人，難免胸懷不夠廣闊視野不夠遠大，那麼，不妨每朝醒來先把粗氣俗氣邪氣怨氣時時勤拂拭，就算智慧不來，器度也不賴。

而且，一人獨大，任你十八般武藝，未免在太孤單了吧。愛爾蘭劇作家蕭伯納說：「交換蘋果，一人還是一個蘋果；交換思想，一人就有兩個思想。」

我是一個音樂人，需要的是聽眾；作為寫作人，需要的是讀者。最真實的我，習慣把話說得很玄，但玄之又玄，擔心別人看得不明不白，所以盡量寫得沒那麼玄，卻又不甘心落於俗套。如是者，經歷多番調節，才摸出一套我認為屬於自己，又不會冷落別人的態度。

至於要完完全全合乎世人心意，根本沒可能，除非我是神不是人！假使你認為我的作品浪費閣下的時間和金錢，行，你怨懟也好，最好你痛罵，更彰顯我平生笑罵由人！

同是二零ＸＸ人

Lee Ocarina 語錄：

秋風，是無名的指揮家。歲月，在指揮棒的呢喃與嘯嗖之間，滿盤皆落索。

請諸位切勿誤會我打算哀悼時光飛逝懷緬過去。

這篇文章，要表達的，是人在時間長廊之中的矛盾。

時間長廊，就像羅傑承的愛駒——永不回望，勇敢向前，絕無他往。（我雙親是標準馬迷）

人心卻不然，無論任何年代的人，總難安份守己，經常渴望穿越時空逃離自己身處的年代。

君不見普羅大眾，古往今來，對穿越時空之戲劇樂此不疲？

因此，以人的習性，去批判一個時代，不似三流小學語文科作業的標準答案般非對即錯。

例如，當部分人將「懷舊」當成了「潮流」，就一定有舊人斷定社會燈飾氣氛不比舊時。但借問一個瘋狂收集景德鎮陶瓷公仔的陶藝收藏家，是否代表他不會對智能手機意亂情迷？

「懷舊」，只是那類人千百種興趣之中的其中一個行為，他們，代表不了所有人，甚至他們自己。世事，假如真的只有不進則退那麼簡單，就不會剪不斷理還亂。

悲觀主義者，時常慨嘆社會環境新不如舊。我常常聽老一輩球迷，回味八十年代的球賽如何令兩萬八千座位的大球場經常紅旗高掛，大談南巴大戰與精工寶路華，如何如何令老一代球迷至今津津樂道。事實上，當年的足球員，身份地位的確不亞於影視名人，香港名宿劉榮業把當年情形容得最栩栩如生：

「我當紅時候，假日登最旺的茶樓，還有一段路才到門口，服務員自會直奔過來把我當貴賓招待，哪用排隊等位？」英雄說前塵，固然別有一番風味與滋味。

那年代，娛樂供應不多，長年只得兩個中文電視台，甚麼都只能淺嚐輒止，因此連電視劇都顯得特別矜貴，矜貴得使平民百姓視之為晚飯的最佳伴侶。劇集主題曲，無不家傳戶曉。唱片、雜誌銷量動輒十萬計。分派報章的工人，每晚半夜趕工，趕於第一線晨光前滿足大眾。歐洲四大聯賽，幾乎無從收看，你不看報章不買唱片不入政府大球場，才跟不上潮流呢！

時勢造英雄，那些行業百花齊放，順理成章。

但假如你只聽信片面之詞，便痛恨自己身處的時代，你應該先問問那些老球迷，是否每一位都甘心住徙置區、去哪裡走樓梯走到哪裡、炎炎仲夏開吊扇吃麵包皮加糖、回家沒網絡只能開著十四吋電視追看神雕俠侶？又是否每一位都甘心再次重溫四天才供水四小時，導致人人排隊上街搶水的「制水」經歷？

你要明白，有些朋友，總是報喜不報憂，尤其他們正在懷緬歲月的時候。

不少人上茶樓點菜，服務員叫你「填紙仔」，他卻說懷念阿姐「推車仔」。但你會否看透，此人曾幾何時經常怨懟阿姐「推」不出他的心頭好來？

何況，手機不離手的老年人可不算少！我雙親跟岳母，都屬當中的佼佼者。

人在時空，就是如此充滿矛盾。

又有人抱怨現今社會人浮於事，紙媒式微，人人低頭埋首網絡，閒情逸致統統去如黃鶴。

平心而論，如今歐洲各大球賽扭開電視任君選擇，仍舊留守本地球賽的每場數百至數千小眾，大都身披一件交織著本土情意結的「第十二人」球衣，始告集腋成裘。世界各地電視臺，亦不甘後人，美劇韓劇日劇，加上數之不盡的網臺，霎眼之間，觀眾選擇幾何級飆升，每臺收視，攤分得比薄餅更薄，一臺獨大之歌勢成絕唱。

物競天擇，打死無怨。當你怨懟市道光怪陸離，當你捨不得唱片店、書店、報館、報攤、雜誌社、照片沖印店甚至電視臺爭相成為歷史之同時，卻越來越多人搞網上直播殺出一條嶄新的血路。

一雞死，一雞鳴，正是時間長河的定律。這條新築起的路，若干年後，終歸會成為舊路，甚至絕路。

又有激進份子，認為懷舊即是逃避，逃避，才會希冀時光倒流，造訪人造的虛擬空間，懷緬五十年代三十年代歲月芳華，捏著一只早已褪色的、滿佈刮痕的古銅色機械鉈錶出神。昨日羣飛的鴿子，難道會飛得比今日的漂亮？何不於網上搶購一只「綠水鬼」輕鬆炒賣價值倍翻？

但他們似乎忘記，無論任何年代，總有人願意斥天價無止境收藏古董，而且，古董同樣可以炒賣。

也有些人，一心逆流而行，反而將人類的矛盾，在不知不覺之中發揮到極致。

早年有一位法國人遠征印尼，在一個荒島當了四十天「魯賓遜」，情操之高，絕非扮高尚下午茶叫一杯拿鐵咖啡可比。

　　諷刺的是，當他沐浴於暫時放棄世界的快樂，每天噼啪踏著滿地枯枝落葉遠離民間部落，最終還是為網絡接收的問題而終止避世。

　　名副其實的進退失據。

　　不只人，世間一切物事，大如寶刀，小如詞彙，似乎都有它各自的命數。

　　先談談詞彙。例如「集郵」，本是有益身心兼老少咸宜的優良嗜好。不過，經過時代巨輪的洗禮，小學生珍而重之把心愛郵票收藏於私人集郵冊，於小息時興味盎然地把重複的郵票互相交換這種歲月童話，已屬「當年今日」之事。如今，多數人口中的「集郵」，已不幸淪為喜愛夜蒲人士之專用名詞。稍為正經的人，大概用「集郵」來炫耀自己捕獲海量影視明星跟他們合照的威水史。

　　從前看武俠片，江湖劍客都視跟隨自己數十年的刀劍如寶物。說來慚愧，我也只屬一介布衣，除了第一支陶笛僥倖健在，我的第一支結他、第一支長笛，皆早已化成煙灰散落四海。

　　我無情嗎？不，現代人來說，我算有情有義的了，至少我還記得感激那薄如「紅白藍」的結他收納袋、那弦枕高得不近人情的民謠結他、那隨著歲月而變黑的鍍銀長笛、那高不成低不就的廉價音色，伴我走過漫長成長路。

　　新鮮事物何其多，但寄居於貧富懸殊寸金呎土的吾鄉，急需「斷捨離」的東西似乎更多。非富豪級別的平民百姓，家居區區數百呎，甚至百餘呎，如非莘莘學子，書櫃都可免則免，還容得下多少部今天方興未艾，明年已是百年身的電腦和手機？

　　唉！我連規勸學生家長答允在家中添置一個小小譜架，他們都說要先行召開家庭會議！

　　有時候，並不是時代容不下你的情意結，而是蝸居鼓勵你貪新棄舊。

　　不過，假如你看見我低頭給棄若敝屣的舊物吟詠：「你是天空裡的一片雲，偶爾投映在我的波心」，就下定論說我生於不容半點情懷的年代，你又錯了。

　　其中一種最可悲的愛情，無非留得住一個人，留不住那人之心。

　　但我拋棄實物，可以把記憶電子化，不購買唱片可以上網下載曲子，不沖印照片可以上傳雲端，沒書在手可以看電子書，那還有幾多事物需要保存下來？雖然，唱片的音色、相片的質感、書本的手感，總不能完全取代，但權且棄掉實物，反而成功把一切靈魂留住！

　　借助科技，使出一招「朝三暮四」，可以神乎其技把三和四互換，何樂而不為？

　　又或者，無止境的慾望，才是問題癥結所在。人類不滿足的劣根性，使身處二零二零年代的人，覬覦八十年代的百花齊放；身處八十年代的人，嚮往民初的簡單純樸（卻選擇性地忽略殘酷的戰爭）；活在民初的人，希冀光復明朝；明朝的人，說唐朝滿希望……繼續數下去，不難數到天地初開混沌時，真正沒完沒了。

　　我亦好奇，不知生於一八六零年、一六六零年、一二八零年或者九八零年的故人，飛越時空來到現代，是否真的比我們懂得欣賞科技神奇頂級超卓的二零四六？

　　所謂「古人不見今時月，今月曾經照古人。」唉，事實上，我們都在自欺欺人！任你如何穿梭過去未來，月亮，仍然是同一個月亮，至多被發現多了一個寧靜海。

　　既然穿越時空，只屬夢幻泡影一場，而你跟我，同是二零ＸＸ人，有緣共處同一時空，我們「是否應該去珍惜？」

愛情必勝法

Lee Ocarina 語錄：
不自滿、不炫耀，謂之真人不露相。
自我封閉、待人接物力有不逮，謂之「毒男」。
間中展示你專屬的風彩，是為不慍不火。

小時候，聽過不少愛情專家慷慨獻策：

「追女生，要漁翁撒網。」「做男神，要有型不羈。」「要取得主動權，必須若即若離。」「要留住枕邊人，必須嚴格看守。」「要享齊人之福，必須名成利就。」

長大成人，才真正意識到，那些所謂專家，大部分都是愛情路上最最最最最損手爛腳的頭號「失敗專家」。

　　正如「凍檸檬茶」加糖，看似「簡單」，卻是一件吃力不討好的事情。甚麼叫太多，如何叫太少，根本數算不出一個準則來。

　　「複雜」的事情，反而沒那麼複雜。例如意式濃縮咖啡，早有前人訂立出一系列的杯測標準，後人大可根據此方程式反覆檢測，微調出理想的效果。你不懂內裡乾坤，欲裝內行人，壓根兒沒可能。

　　但總有些自卑之人，肚子裡欠缺「複雜」的學問，便退而求其次，打算憑藉「簡單」的東西來張牙舞爪，就地取材供奉自己為凍檸檬茶專家。

　　當吹牛吹得過了火，自然引起他人注意，自然有人請教於他：「請問閣下如何調製一杯完美無瑕的凍檸檬茶？」卻告麻甩佬吃黃蓮──有口無力。

　　談情論愛，就似凍檸檬茶，它既不是武藝，亦非音樂術語，只要生來一張嘴，人人一樣可以插嘴！於是，不少毒男，喜歡人前人後奉自己為愛情專家。

　　對，又是專家，哈哈哈哈哈。

　　不了解自身弱點，不正正是人性的弱點？因此，

當學生跟我說：「這個技巧，練得我小指很累。」我便回答：「你知道累，正是成功的第一步；你知道哪隻手指累，更是雙喜臨門。」

因為他知道累，自會願意嘗試其他方法；知道哪根手指累，自會嘗試對症下藥。

那些所謂專家呢？最大可能，還不是經常無奈向另一個所謂專家求助。

也許另一個專家，同樣自顧不暇。

越誇口自己懂得愛，才最不懂得愛。愛情，沒有準則，更不是一場計算！

我敢說，坊間那些「追女必勝法」，都是給完全沒有自信的宅男壯壯膽子吧，你盲目盡信，隨時適得其反。孟子曰：「盡信書，則不如無書。」事實上，不同人使出同一式所謂絕招，追求的對象不同，效果也肯定大不同。

例如有專家竟然教男生務必主動製造一點點身體接觸，使女方感覺親切，甚至傾談期間不妨按按女生手背。但我實在懷疑，閣下如非外型俊俏，只屬一介

平民，矜持型的女生，被你摸一摸，就真的會對你另眼相看？還是反而把你當色狼？畢竟，不是人人可以像賈寶玉埋首女人堆無往而不利！

女生種類繁多，性情風格大相逕庭，你不難發現，那些所謂專家自吹自擂的拿手好戲，通常只限於追求階段。即使給你僥倖得手，往後日子呢？黔驢技窮，原形畢露，真實的你，跟昔日之金像級演員判若兩人，還不是處處處碰壁？

拿捏分寸，亦非年月日保證累積得來。

君不見好些誇誇其談，自誇吃鹽比你吃米多的老淫狼，一邊嘲笑青年人追女生猴擒如色狼，自己吃著碗裡看著鍋裡，對其他女生猴擒如色狼？

亦有一個古怪現象：文化水平越低的人，其口中豔福越多！

的確，吾認識不少藍領工人，不是到處留情，就是坐擁兩三個家庭！

這類人，你以為他求仁得仁，春風滿佈，最大可能，就是失敗得慘戴綠帽，兼且最後一個才知道！

或許，當中有些像賭徒──永遠報喜不報憂。

又或許：麻甩佬吹牛，自卑心作祟。

我亦十分懷疑，世間上是否存在真正的專家，可以在愛情路上見招拆招所向披靡？只怪余見識淺薄，平生所見之人，聰明的往往不夠厚道，厚道的又偏偏不夠聰明，自問亦沒可能超越眾生達此化境。因此關於愛情，餘生只會盡力繼續參透如何做到「不慍不火」四個大字，於願足矣。但願我跟你，共勉之。

如果諸位還是不滿意，硬要我列出一招半式愛情必勝法才算及格，乃強人之所難也，還弗如姑且跟大家分享一下兩性相處之道，更加來得實際，而且來得貼地。

請各位謹記以下五點：

一：謹記要保鮮。

所謂保鮮，即保持新鮮。但所謂新鮮，不是叫你每天送鑽戒，而是叫你持續進步，持續改善缺點，永遠以新鮮人姿態出現！

二：謹記保持賬戶虧損。

所謂虧損，即包容忍讓。但所謂包容忍讓，不是叫你盲目順從，而是不計較付出，展示大將之風，永遠以守護者姿態愛護對方。

三：謹記作最壞打算。

所謂作最壞打算，即要高瞻遠矚，抵抗魔鬼的誘惑。所謂抵抗魔鬼的誘惑，即不要像白雪公主，見到豔麗的蘋果便不假思索一口咬下去！應當保持警惕，想像一下假如中毒的後果，方可臨崖勒馬，遠離誘惑。

四：謹記時刻保持距離。

所謂距離，是指二人思考方式之異同。人，絕非複製，思考方向本已不同，假如只顧自己步速，一個奮力向上，另一個終日吃喝玩樂、跟酒肉朋友講是講非，即使二人枕在咫尺，心卻充滿無限距離，神仙難救。因此，要不共同努力，要不分工合力，要不一同收租度日暢遊人生！

　　五：謹記好善佈施。

　　所謂好善佈施，即不要作惡多端，多行不義。但我並非鼓勵你每年捐一百萬，冒充大慈善家，而是保持人性最美麗的光環：正氣大度、有情有義、正面樂天，時刻充滿內在美，自然人見人愛。

　　愛情路上，還是這麼一句：但願我跟你，共勉之。

溫度剛好，
謂之人生

Lee Ocarina 語錄：
不帥，會沒朋友；太帥，會帥得沒朋友！
溫度剛好，謂之人生。

✦✦✦✦✦✦

　　亙古以來，別說平凡如你我，即使聖人名人偉人，何嘗沒有弱點？弱點，從不分有或無，只論多或少，礙事不礙事，致命不致命。

　　人的智慧，高低遠近各不同。待人處事，則人人皆可學習。

　　我敢說，萬事都有一個最佳溫度，無論造陶瓷、演奏、烹飪、煮咖啡、品咖啡、交朋友、追女孩等等等等，統統統統不離溫度兩字。

　　常言道：大智惹愚。可是，做人太過愚笨，或經常好心做壞事，皆累己累人。

　　太聰明的人呢？枉天生聰明才智，卻正經事不正經做，時刻像老鼠找地洞鑽營，佔人便宜當作家常便飯，弄得自己聲名狼藉。此類人，比他媽的蠢人更蠢！正是「質敏不學，乃大不敏。」

　　假使成功真有捷徑，乞丐和偉人之間就再沒分別，任何比賽，應該百份之九十九的參加者都是冠軍！

　　此文章，我不打算和你討論以上兩種昭然若揭的超級大傻瓜。吾認為，自以為一葉知秋、小心謹慎的人，才有談論價值。

　　這類人，做人處事，大多有一個通病：總認為少做不如多做。

　　每次提到這類人，我總會想起幽默風趣的荷蘭神學家及人文主義思想家愛拉斯謨，在其著作《愚人頌》中的一句話：「命運之神並不偏愛小心謹慎的人。」事事求個「保險」，本是好事。但「保險」投資過大，安全得過了火，隨時矯枉過正。

先論時間觀念。這類人，不問而知，一定視守時為美德，極少遲到，但他們卻鮮有發現「過早到」的弊處。

例如公立專科診所永遠求過於供，診所約你早上十時，你十時半趕到，反而剛剛好！

但以上說及的一類人，必定謹守早到原則，六時梳洗九時候診，白坐兩三個時辰，才算心安理得。

溫度剛好的人，會明白買了九時正的戲票，即使不希望錯過電影預告，至多早十分鐘夠了吧。超過這範圍，每早一分鐘，代表你多罰站一分鐘！

人類其中一個缺點，就是擅長給自己找藉口，這類朋友大概會說：「預多點時間，輕鬆慢慢走，我才得享長壽。」

但是老兄呀老兄，時間就是金錢，愛因斯坦比你優勝，正因為他從小不把光陰揮霍於科學以外的事！培根說：「合理安排時間，等於節約時間。」而你呢，吃一頓飯看一部電影也得比別人多用兩三倍時間，代價可不算小！

　　假如閣下隸屬此類，卻還未認同我的腑肺之言，不如我隨便再多舉幾個「多」弊於「少」的例子。

　　你是批發商，給客人列賬單時出了亂子，你認為「算多」還是「算少」弊？當然算多弊！求財恨不多，財多害自己。算少了，品德好的客人自會雙手奉還。就算對方逃之夭夭，對賣方來說，損失準不大，至多破財擋災。但，錢多收了，付款的人，算術能力通常會幾何級飆升，連平常最牛頭豬腦的人都會變得異常清醒，找你追數事小，失信事大，賣方隨時被唱通街。

　　舊時社會有句俗諺：「禮多人不怪」。我又來問你，禮少還是禮多弊？當然禮多弊！你兩只香蕉探訪人家，人家至多笑你把每分錢看得比天還大。相反，你每天瘋狂送禮，一定認為你無事獻殷勤非奸即盜，從此對你避之則吉！（除非你送的是黃金）

　　吃自助餐，吃多還是吃少弊？當然多吃弊！少吃不礙事，多吃傷身體！

　　醫生囑咐你每次吃兩粒安眠藥，吃多還是吃少弊？當然多吃弊，生命誠可貴！

又或者不談如此驚心動魄的問題，降降溫度，輕鬆淺談拿鐵 Latte 咖啡。

拿鐵，由攝氏九十餘度的熱水，經填壓過的即磨咖啡粉淬取意式濃縮咖啡，再用六十餘度的蒸氣奶泡拉花製成。具體一點，就是適宜入口的溫度，以十分鐘內喝完味道最佳。

我來問你，奶溫不足弊？還是溫度過高弊？當然高了弊！

奶溫略低一點，至多奶泡不綿，口感略差一點點，拉花效果差一點點，尚算無傷大雅。

但溫度略高一點點，這杯咖啡神仙難救！當奶溫超過七十度，奶泡將會變粗，奶味即時淡化，更遑論進行拉花！這等賣相宛如肥皂泡的劣品，除了容易燙傷舌頭，經常喝，還會致癌！

因此，連初學的咖啡師，也懂得借溫度計輔助來學習感應奶溫，以防過熱（未夠熱不會不知道，除非你沒知覺）。

再舉一個通俗一點的例子。你到冰室喝凍奶茶，甜度剛好，當然最好。萬一人家輸波馬輸心不在焉，你寧願他少放了一匙糖，還是放多了六匙糖？

談戀愛，男追女，女追男，甚至戀愛中的情侶，同樣離不開溫度。你過於冷淡，人家以為你玩弄感情，結果不問而知。你以為飾演大情聖，這一秒鐘說我愛你，下秒鐘說離不開你，如貼身膏藥冤魂不散，我保證你失戀得更早！戀愛靠真心、靠誠意、靠體貼還得靠空間！連思念的時間也不給，叫對方如何想念你？

知其愚者，非大愚也。如果本人之淺見，能令當局者撥開雲霧，重見一片柳暗花明，應該沒有甚麼可以令我更高興。假如你油鹽不進，認為我危言聳聽，那就當聽一個笑話吧！不要老來慨嘆時間到哪裡去了就行了！

結論非常簡單，無論你做甚麼事情，請謹記以下口訣：

份量剛剛好，鬆緊剛剛好，冷熱剛剛好，時間不遲也不早，謂之「帥得剛剛好」！

第五部份

給家長們的信

身教，只是榜樣，並非方法。從來，我都要求自己，與其飾演他的音樂老師、他的父親、甚至守護神，倒不如將目光放得遠一點，飾演他的人生教練，薪火相傳。

人之初，
性本急

吾授課之時，說得最多的一個字，肯定是個「慢！」字。

假設每天五位學生，對每位學生說上十餘次，已說了超過五十次！

如果孟子認為人性本善，荀子認為人性本惡，我會說人性本急！

人自脫離娘胎，進入襁褓時期，除非肚子不餓，一餓，便盡用奶力吸吮，非要在最短時間之內吸光媽媽的奶不可。吸得過急，便可憐地回吐。或許，打從這個時期，心急的種子，已然深深植根人體。

到揹起書包上學，功課要快，交試卷要快。踏入社會，趕死線要快，拍馬屁要鬥快，最終目標只得一個：但求擢升快。

可是，只求速度的快，不問質素的快，其品質，不問而知，俱屬一般貨色，亦必為智者所訕笑。

常言道：「好高欲速，學者之通患。」普天下藝術，皆以慢為先。所有學問，不離耐著性子慢慢學，慢慢練，慢慢加快，最後達致可快可慢可攻可守收放自如之境界。

只恨人類天生過份善忘，鮮有人明白，生活才是人世間最高級藝術！

誰說不是？心浮氣躁，一塌糊塗；說話太快，咬字不清兼口吃；進食過急，食不知味；匆忙洗澡，聊勝於無；胡思亂想，注定明天打敗仗。

任何關係，必須謹守崗位。生意人合作講求雙贏互惠互利；上司下屬講求工作效率還得有商有量；那麼我來問你，師生關係講求甚麼？答案非常簡單，就是一個「信」字！

即食文化深入民心，普遍人慣於急功求成，連打機都講求易上手簡單操作為快。君不見現代大部份遊戲都提供「無限復活」功能讓急躁的玩家更快更容易取得最終勝利？

　　孟子云：「人之惰，在於好為人師。」很多成年學生，喜歡主動帶備一些連他們自己也看不明白的樂譜來上課，儼然他是老師我是學生。

　　因此，我從來視之為第一禁忌，以防早期建立得好好的基礎，全部毀於一旦。

　　諸位或許以為，教育兒童，沒此等煩惱了吧？

　　非也，現今香港，比成年學生更加急進的低質家長，有若恆河沙數！有些為求證書，明知不可為仍然不惜一切；有些直把自己當購買證書之消費者囂張態度不可一世！

　　恕筆者直言，以上幾類人，都應該考慮看一看精神科看醫生。

　　他們總不明白，那些國際認可考級證書，不過普通供求關係，跟音樂這門博大精深的高檔藝術，壓根兒扯不上任何關係！

　　課堂所學，你回家不跟足指示練習，為求方便快捷，宛如每日三餐以速食麵充飢，單靠味精刺激味蕾。

長此下去，不單營養不良，味覺和品味皆只會每況愈下。

凡人之學，不日進者必日退。當淪落至此，我再叫你重頭虛心學做一個良廚：必須按步就班，不許加添味精，還要萬丈高樓從地起，由雜工一職做起，慣吃速食麵的閣下相信已告無心戀戰，注定白學一場。

學習音樂，應作如是觀。

魂遊四海，無視樂譜，節拍懶得數，不單沒可能奏出美妙動人的樂章，更導致處處碰壁，手不應心，徒添挫敗感，違背了陶冶性情之初心，同時累積大量根深柢固得難以糾正的不良姿勢，導致各種大小關節問題，傷心傷身傷錢包，自然弄得意興闌珊兼自信心枯萎。

你以為老師袋袋平安，我認為你浪費我寶貴時間，沒有雙贏沒有單贏只有雙輸。

曾經有位成年學生對我說：「真希望有天可以像你般學貫中西，那麼我可以少查很多字典。」

我笑道：「那麼，你要失望了！經驗告訴我，字典這傢伙，當你能力越高，只會越查越多！」

「吓，為甚麼？」

「到你查字典的次數越來越多，你不妨前來告訴我。假使你沒來，只怕你從沒進步過！」

朋友們，用心鑽研一件事情，歲月呀，時間呀，光陰呀，皆不應該是你的敵人，而是你的良朋益友啊！

文青是這樣
煉成的

先來原創寓言一則：

雖非膏粱，一直不察覺，已孕育長腿一雙。

直到有一次，在一條大直路旁邊下車，向前一瞥，沿途煙民不絕，漫天口氣雲霧，我邊暗罵邊加快兩步。

不過數十步，回首，鄙夷之物，一隻兩隻三隻，在我身後趕路。

道不可道，給明天覺悟的人。

從來富貴貧窮，並非一時定論，豈可以起步之初成敗論英雄？

又一篇不談音樂。

我，和天下很多你你你你一樣，是一位家長，但，又和大部份你你你不一樣，是一位非典型家長。

吾亦以「非凡夫俗子」自居，對名聲名利名錶名車皆不屑一顧，即使大盜光臨，大概只有望門興嘆。

你猜我家甚麼最多？我的職業，使很多朋友，順理成章以為我樂器最多。不，其實書最多。

聞說，迷信成性的賭徒諸多忌諱，眾多忌諱當中，尤其對「書」敬而遠之。博彩之人，普遍深信命數之碼早已存在於天地初開之時，只要有人把書字「書、書、書」讀三次，三人自然成虎，注定逢賭必輸，劫數難逃。

吾百無禁忌，少向命運低頭，從來深信多看書，少看手機，你除了打機會輸，啥都不會輸。

行萬里路和讀千卷書，兩者，本來河水不犯井水，偏偏，古人硬要將之混為一談，以偏蓋全，時常被不法之徒加以利用，作不看書的藉口。

　　事實證明，現代人動輒每季豪擲兩三萬元周遊列國，以旅行當作普通消遣，試問每年何止行萬里路？可是人類的文化跟情操，並不見得比古人胸中更有丘壑。

　　不信？你不妨走到皇后大道高聲吟誦：「蒹葭蒼蒼，白露為霜，所謂伊人……宛在水中央。」相信未唸到一半，一眾高薪白領已然把你視為瘋人院裡最沒有希望的瘋子。

　　書這東西，本來就是由一疊紙張釘裝而成。管它線裝書平裝書竹簡書毛邊書還是精裝書，書就是書，無庸置疑。

　　可如今呢？要表達「書」這個概念，必須指明是實體書還是電子書，此情此境，莫不使愛書人感慨萬千。

　　吾認為，實體書瀕臨沒落邊緣，和冰川溶化一樣，人人有責，尤其像我般擁有下一代的朋友。

　　小孩，就是未來社會棟樑。正所謂書香世代，實體書的書卷氣味，我敢說，電子書絕無可能取代得了。

你看洋人也同樣看電子書，可是人家深諳雙線並行之道，大部分讀者，並沒有像香港人般幾乎完全摒棄手拿實體書的閱讀習慣。

假如你以不方便攜帶作為只看電子書之藉口，洋人不也一樣經常隨身攜帶口袋書（Pocket Book）？

敝之陋室，一無拱形金門，二無家財萬貫。你一踏入客廳範圍，自會立刻被頂天花立地的大書櫃重重包圍。此外，還附設一間佈滿書籍和辭典的書室。因此家中成員，名符其實在書堆裡過生活。文青，就是這樣煉成的。即使將來本人不再「文青」，到達「文中」甚至「文老」之境，「文」依舊就是「文」，永遠都是「文」。而且，以「文」的環境氣氛，讓下一代耳濡目染，必定比用手機優勝八百倍！

社會普遍中文水平倒退，並非毫無根據。最最滑稽，不過於那種平常根本不看書，一心附庸風雅，一窩蜂跟從潮流到圖書館「打卡」，卻心中有愧自貶為「偽文青」的傻瓜。你偽文，豈不變「不文」了？

那些半點不潮的潮語同樣齟齬，例如甚麼「曲線要講明」代表貼文有暗諷的成份，這句說話卻犯下邏

輯上的錯誤：當你明刀明槍把曲線講明，曲頓時變直，嘲諷降格為直言，豈不嗚呼哀哉？

曾有怪人一名，選購圖書時無端跟我搭訕，侃侃而談：「吾購書籍，非為閱讀。」

「吓？那麼用來作啥？」我內心不屑，表面佯裝驚訝。

他腰脊一挺：「也不為啥，收藏是也。」

我也不是吃素的（雖然我是素食者），乾笑兩聲，反幽他一默：「收藏還好，還以為你用來做吃的。」那人的臉，立時變得像孫悟空一樣緋紅，沒差點想揍我一頓。

我個人對文學情有獨鍾，少時醉心中國文學，成年後專攻英國文學。文學，最容易提升語文能力，而且文學通常不會直接表達一件事或一個現象，簡單如風景描寫、人物描寫、甚至細述一爿茶莊一爿咖啡店，用詞都比其他科目豐富精湛。偏偏「英國文學」科，總被庸俗不堪的、自稱虎爸虎媽的、知識卻馬馬虎虎的家長視為眼中釘，不鬧得「殺科」誓不甘休。其理由，更使人啼笑皆非：此科目拖累子女的平均分！

　　常言道：「授人以魚，不如授人以漁。」教曉下一代怎麼看書，遠勝於考試前夕怔怔地陪太子默書！小兒從小受我薰陶，小四開始接觸珍奧斯汀（Jane Austen）、路易斯卡羅（Lewis Carroll）、查爾斯狄更斯（Charles Dickens）的皮毛，加上五音步抑揚格（Iambic Pentameter）等基礎詩詞概念，應付學校英語，自然綽綽有餘，有如探囊取物。這就是我甘心讓他八歲前輸在起跑線的遠見。

　　正所謂路遙知馬力，君不見馬拉松奪冠選手多數不是由頭帶到尾？

　　烏龜，是公認走得最慢的動物之一。但你嘲笑它的同時，可能忘記了它是最長壽的動物之一！

　　你可以由城門水塘輕鬆駕車十數分鐘，登上香港第一山峰。但當你安坐駕駛室，輕鬆超越慢如螻蟻的途人，卻同時失去鍛練體魄的機會，以及登高的真正樂趣。

　　吾以為，做人最忌有頭威，無尾陣。

　　打好語文基本功，根本不用於孩子尚未滿月之時，無的放矢豪擲千金亂購兒童英文繪本。懂花心思教導，蔗渣價錢可以燒鵝味道；家長胡亂硬來，神奇給你化為腐朽！

慈母多敗兒，
嚴師出高徒

友人教子，束手無策，不得其法，登門求救：「老師，能否分享一下你的教育理念？」

我回答道：「無他，兩句說話，足以概括：慈母多敗兒，嚴師出高徒。」

《圍爐夜話》有云：「教小兒宜嚴，嚴氣足以平躁氣」；《菜根譚》則云：「教弟子如養閨女，最要嚴出入、謹交遊」；《聖經》更直接坦白：「不打不成器」。（Save the rod, spoil the child.）

請恕筆者見識淺薄，吾從未聽說過成功不是靠苦幹得來，亦從未聽說過哪一個「育兒天才」能夠把一個懶人「讚」出個未來！

根據非正式統計，香港，可能是全亞洲，甚至全

球，人均參加音樂考試比例最高的城市，卻是音樂家產量最低之城市！

香港家長，普遍生性樂天，以為付過學費，子女就會像愛因斯坦乖乖回家鑽研鑽研。可藝術這玩意兒，成功之關鍵並非在於有沒有練，而是在於你如何練！練習方法不對，即使每天千吹百練，除了證書，你門都入不了！

香港家長，又習慣緣木求魚，不約而同一個樣子：付款找數沒問題，陪練慘過侍奉皇帝！而且，無論子女初級或八級，都只懂追問何時考級！當聽到我說：「初學不宜考級，八級即是初級」，更直接將我視作瘋人院之中最沒希望的瘋子！

曾有一母，每逢叫她幫忙規勸子女多加練習，就跟我如此慨嘆：「兒子幾乎每天廿四小時埋首功課，哪來時間？」

怪哉，假若她不是一心把我當傻瓜，為人親母，怎麼能夠不明不白被孩子當傻瓜？誰都知道，功課，從不應該計較多少，只計量時間有否好好分配。

又有一母，我用短訊建議：「你兒子習笛進度不似預期，請問你會否考慮陪練？下堂開始，歡迎你來陪伴兒子。」

結果來自那位自稱「虎媽」的慈母（馬馬虎虎的虎吧！）不疾不徐的短訊回應，使我幾乎不敢相信自己的眼睛：「只怕先生打錯電話，我沒有兒子。」

我忘了自己罵了多少次「媽了個巴子」！只記得那次之後，我沒再見過這雙母子。

免動真氣，有傷五行，對於人家的小孩，我還是可免則免，以免痴心錯付，鞠躬盡瘁死而後已，人家反而血口告我虐兒！

還是間中分享我教小兒的經歷，好讓希望學習的人學習學習，冥頑不靈的人好好反思反思！

小兒四歲半開始，吾親授古典結他之術。

由第一支小得像烏黑麗麗但一樣有六條線的結他開始，到其十歲之時，換上體積達到正常結他四份之三的新結他，已經踏入第四支。

且說他第四支結他的故事。

此琴，雖未稱得上甚麼名琴，價錢比早前三支結他昂貴十倍。其質素，自然比較像樣，可達名琴之皮。

他為求得寶物，無所不用其極，不惜約法三章，苦苦相求，始圓其願，可謂得之不易，為父亦為之深信不疑。

誰料如願以後，故態復萌，原形畢露，態度回復昔日囂張，過河拆橋之味道昭然若揭。

雖說那時他已經活了一個十年，理應懂得自發性練習，聽教聽話。只是，每個人成長速度不一樣，尤其他早年曾經就讀村校，毫無紀律可言（詳情記述於《陶笛家的‧在家教學經歷》）。即使經過本人翻天覆地之徹底調教，距離撥亂反正之路仍欠九萬八千里。

結果，一天不到，我狠狠將結他沒收。

第二天，我到雜物房，摸出一支最最最廉價的成人結他交予他：「汝欲得回寶物，請先展示一點決心與能力給我看看。」

既然莫懂珍惜，何不讓他嚐嚐失去的滋味？

結果，三個月後，我才物歸原主。

同年，他以「第四支結他」上陣，成為我古典結他教學生涯考試最高分數的學生。（一四三／一五〇分）

每次比賽考試，你認真學習，取高分還是僅僅合格並不重要，透過學習提高技術才值得你花心思。

無獎幫忙拍手掌，得獎你就接，寵辱不驚，就是禪。

翌年，小兒勇奪校際音樂節古典結他初級組冠軍。當晚，該就寢時間，他寧願把獎牌置於桌邊欣賞，不願上床。我見狀，迅雷不及掩耳，速速把獎牌收起，囑咐他切勿得意忘形。

滿招損，謙受益。專心入眠，也是禪。難道不是嗎？

追女孩，貴心思；教小孩，忌盲讚，不用愛心，乃用智慧。多上一課，終身受用；一日不學，不進則退。

人生的歷練，有時要靠父母去營造。經不起風浪的人，七十八歲也長不大。

論相處，分尊卑，貴實用，忌華麗。你縱容兒子不屑機艙飯，由著性子在你旁邊敲筷子，還為虎作倀哄說：「媽媽下機後給寶寶買好吃的」，言辭令人反胃之餘，孩子長大成人之後，那來分辨是非之能力？那會克勤克儉棄奢華？

若問今日之果，當究前日之因。誰又敢說那些慣性午餐先來一客滿漢大餐，隨便三兩口喊吃不下，丟下一桌剩菜，然後一經離開餐館，立即華麗轉身提議吃歐式下午茶之享樂文化，不正是從呱呱墜地開始由父母帶領吃香喝辣孕育而成？

天理良心，此等事非顛倒之教育，等於從小引導他們利歸己，害歸人。養不教，父之過，大丈夫，有所為，有所不為，為人父母亦然。

我兒子，打從六歲開始，自發跟我茹素，比我道行更高。此事並非偶然，更非天神眷念，而是我多年付出修成之正果。至少，在我門下，如果他膽敢不吃飛機餐，恬不知恥，枉穿儒衣，他哪敢指望該天晚上

還會有晚餐供應？

　　為人父母，除了具備知人之名，亦必需具備觀過知仁的能力。為人子弟，應要具備克己服禮之能耐，尊師重道，自然人見人愛，不像紈絝子弟人人退避三舍。

　　不過，所謂開業難，守業更難，一日未等到他青出於藍，我一日不會停止教導他如何抗拒身邊魔鬼的誘惑。

　　法國長笛大師莫伊斯這樣形容音樂：「這是個時間、耐性和耐心的課題。」

　　學習之路，有難有易，有高有低，有起有跌。而且，沒有人能夠保證你有能力走多遠，正如生命線不可能保證你可以無風無浪活到耄耋。

　　我從來相信「梅花香自苦寒來」，假若你仍然選擇將子女的成敗得失純粹歸咎於命運和際遇，那麼，祝你「時來風送滕王閣」，一世夠運！

只限本人

先來笑話一則。

有天下午，跟朋友甲相約茶坊敘敘舊。

朋友甲是音樂內行，為人敦厚，氣宇軒昂，眉清目秀。

那天，他依例先到，坐在靠牆角落。唯獨昰，一向「人齊」才點菜的他，已然乾掉大半壺茶。

直覺告訴我，似乎有些不妥。

坐下，只見他怔怔地盯著微黃的水晶吊燈，牢牢緊握手機，觀其臉部表情，無疑包含嗔怒、失望、不屑與不忿等等百種滋味在心頭，唯獨說不出口。

我拍拍他肩膀：「一人計短，二人計長，你且慢慢道來，共同參詳參詳。」

　　誰知他不由分說，把拎至半空的茶壺「啪」一聲
放下，以其一副小姨娘腔調對著空氣罵道：「疾學在
於尊師！這年頭的學生，絲毫不懂人情世故，見老師
網絡上發貼文，竟沒一人懂得幫忙按個讚！」

　　心中暗罵：「媽了個巴子！虧你想得出來！」可
是，罵不到半晌，他此番古怪言論，卻像一條魚骨噎
住我的咽喉。

　　回首多年教學生涯，按讚與否，本屬雞毛蒜皮，
壓根兒不值一談。

　　不過，我心裡納罕，見面時懂得叫一聲「老師」
的學生，為甚宛若鳳毛麟角？向老師來一個典型九十
度鞠躬或是私塾式磕頭這等千年優良傳統禮儀，又何
以會在科技發達的大時代中黯然落幕？

　　論語云：「不學禮，無以立。」不如姑且把「按讚」
和「向老師請安」兩者歸納為「尊師重道」四個字吧！
尊師重道，不是由學校教的嗎？怎麼師生之間輕輕打
個恭作個揖，都幾乎不見？

　　幾十年前，我讀小學的年代，學校老師執行體罰，

乃屬家常便飯。規矩一旦訂立，不論合理與否，小憩時段遭「風紀」緝拿之「犯人」，一律必須列隊恭迎訓導主任大駕光臨，依法嚴辦。

行刑時候，學生們一個個面露驚容，乖乖伸出小手，乃自攤開掌心，接受約兩三公分厚、三四十公分長的木尺伺候，哪敢多言？哪敢放刁？

試問接受體罰，還得乖乖輪候，你叫秩序怎能不井然？（但為甚小憩之時只許步行不許跑步，足以列入下一期《十萬個為甚麼》）

有人或許挑剔：「表面上唯命是從，背地裡陽奉陰違，意義何在？」

世情往往如此，正邪好壞，難以三言兩語單憑你我之流定分界。

時移勢易，現代社會，在乎溝通與關懷。

身為老師，雖說有教無類，亦當因材施教。可是當今律例，頒佈一本通書，一律只許動口，不許動手，規限教者循循善誘。吾認為，此舉無疑與奉行精英制無異，把好壞學生推向兩極化於極致！

試想想，對於寵而不驕，驕而能降的優良學子，體罰與否，根本無關痛癢。世上任何刑罰，從來專為喜歡挑戰法律的超級大傻瓜而設。

如今，將藤條榮升歷史文物，你奢望每個老師皆天生擁有一條三寸不爛之舌？再蠢的學生都知道，即使目無法紀，即使視反嘴為樂，即使視老師如無物，老師除卻寫手冊、罰留堂、見家長、記小過、記大過，可說一籌莫展，別無他法。

用以上方法，對付這等有恃無恐之叛逆學子，好比杯水車薪，螳臂擋車，以卵擊石。

如此一來，有人認為，怕惹麻煩的老師，乃選擇讓不良分子自生自滅；怕惹上官非的老師，被投訴時乃屈尊跟家長道歉！

話雖如此，吾奉勸莘莘學子，喜歡反叛，終究自作自受。這個道理，古往今來，恆常未變。

古代還好，將刑罰量化，藉由劊子手出馬，執起教鞭，劈啪劈啪，刮起一陣風，犯人掌心一紅，便告一打泯恩仇，方便又快捷。

　　現代老師，缺少了這麼一個以效率見稱的中介人調停，發洩無門，氣在心頭，年尾結算，本欲給你操行「丙」，隨時變卦給你一個「丁」！考試測驗，本來剛好及格，隨時向你雞蛋挑骨，務求多殺你半滴鮮血！吃虧的還不是你自己？

　　因此，我時常教小兒，身處校園，人前人後，秩序必須要守，就算你善意提點老師的錯處，也必須智取。

　　誰知有一次，小兒在其英文作文之中，以 Supper 形容晚餐，老師不理三七二十一，贈他一記大交叉（這位九流英文老師誤以為 Supper 只可以解作夜宵），表明 Dinner 才是標準答案。我教小兒：「明天你把字典帶回學校，把字典翻到 Supper 一頁，客客氣氣跟老師討論討論，失去的分數豈不手到擒來？」

　　怎料次日，小兒一臉無奈告訴我：「我再三請他看，他大丈夫說不看就不看，彷彿跟字典存在血海深仇！」

　　我立時氣得通紅，任何你想像得到最髒的辭彙皆被我選用！（內含粗言穢語，兒童不宜）

　　痛罵過後，我才驚覺，自以為精明世故的我，原來也當不了一個世人眼中的好學生。

　　那麼，以後學生們簡簡單單跟我說聲好，該當心滿意足了。

　　就在此刻，仍舊手執電話的朋友甲，中指一邊轆，一邊笑逐顏開，一邊興奮地把手機給我送過來：「哈哈，果然事緩則圓，事緩則圓！聰，快看，快看，『讚』來了！『讚』來了！『讚』來了！原來我剛才發貼文時錯按『只限本人』！」

　　我沒好氣：「朋友，爾一把年紀，卻告自甘墮落，一機在手天下無有。學生給你按『讚』，不知算撑你還是害了你！再者，你我難得相見，君卻全程低頭，這算甚麼朋友之道？魯迅說：『浪費別人的時間等於謀財害命』，嘿，吾決定給你一個『嬲』，小懲大誡！」

　　朋友甲拱手笑道：「小二屈指代跪，保證下不為例！客官請用茶，請用茶。」

陶笛家的‧在家教學
經歷

　　先旨聲明，本人的道理，看似普通，然能參透之人無幾。猜對猜錯，一切隨緣，也看閣下領悟力。唯一肯定，我絕非煽動莘莘學子退學，而且自問何德何能，擁有如斯影響力？謹希當中故事，能給家長們帶來一點啟發，於願足矣。

　　在家教學（Home-schooling），即自執教鞭，不上學堂。洋人十分普遍，香港即屬犯法。

　　兒子小五那一年，成績依例非常優異，但開學不到兩月，我藉故下令他退學，只因要糾正自己早年犯下的一個大大大錯——送他入讀村校。

　　話說他兩歲之時，患有嚴重濕疹，內子尋遍中西名醫，唯藥石罔效。

吾望盡天涯路，決定舉家遷居離島。

入學之初，以為仿傚美國新罕布什爾州（New Hampshire）官方格言——不自由，毋寧死（Live free or die），並無不妥。又以為給他蹦蹦跳跳以大自然為課本，可以有益身心，吸取正能量。

幼兒園時期，的確沒出甚麼亂子，畢竟四海之內，所有幼兒都是一個樣。

但自小學開始，問題接踵而至。

平常共處，吾誨他諄諄，他聽我藐藐，動輒嚎啕大哭，學習甚麼都提不起勁。放學後，又喜歡成群結隊，互相追逐，放聲嘶叫，叫個不亦樂乎。

後來發現，他與同窗，經常因芝麻小事吵吵鬧鬧，喜將小事化大，冤冤相報，無日無之。

無他，這裡的學生，過半來自原住民家庭，另一部分，為流落異鄉之外來人，文化水平極為參差。

恕我直言，大部分學童，完全無心向學。

雖云「居必擇鄰，交必良友」。可是，有一種幸

福叫作學校在你家附近，能夠功過相抵，讓孩子免除舟車之勞。

不用細表，相信大家不難猜到，這所學校上至校長老師下至學生家長，即使向你拍胸口保證做到公平公開公正，僅供參考參考而已。

試問一位外來學生，不識時務投訴一位原住民同學，你是否相信老師能夠秉公處理？

也許，此等特殊之地，老師一樣身不由己。

我亦不會天真得期待如此國度可以誕生一個視皇親國戚如無物的包大人。

入境而問禁，入國而問俗。吾認為，文化差異，並無對錯，在乎你接受不接受。

倒不如轉轉口味，談談學校紀律，相信大家會比較容易明白何謂百聞不如一見。

一天在家，我給小兒上古典結他課。忽然，他「霍」一聲站起，放下結他，逕自離開樂室，一溜煙前往解手。

他回來之後，我不悅地問：「不敬他人，是自不敬也，你尚未向我請示，即告飄然而去，難道學校小小禮儀，在家反而拋諸腦後？」

小兒但笑不語。

我追問：「你算甚麼意思？」

他先支吾其詞，而後忍俊不禁：「學校裡，沒甚麼不可以，人人都如此。」

聽罷，我深深嘆息，假使再不求變，教他任何禮義廉恥，只有徒然。當務之急，是時候來一次釜底抽薪，帶領他更換一個全新學習環境。

既然孟母能藉「三遷」留其名，相信孟母在天有靈，絕對支持我這個冷看千夫所指的「非典型」決定！

再者，某些技能，不可能靠學校傳授。例如專業音樂技能、非港式的正統英語等等，除非你不懂，假使你懂，又希望他有所得著，必須長時間面對面每天親自傳授。

九個月的寶貴光陰，我推掉所有應酬，棄舊電話

號碼，自執教鞭。期間，我只教古典結他，陪伴他欣賞英語文學，絕口不提教科書。當然，時間關係，內容必須作有限度選擇，只能覆蓋他能力範圍可以應付的部分。每個小孩的領悟力、思考能力、反應能力各異，靠日常對孩子細心觀察來訂立課程，引導他遠離考試式音樂和港式英語（Chinglish）模式。

有一次孩子問我：「為甚你能把如斯令人頭痛欲絕的文學解說得頭頭是道？」

我答道：「朱子教誨，讀書須讀到不忍舍處，方是見得真味。柏拉圖教誨：知道得越多，才發現自己不知道的事情越多。」

我反問他：「你查字典查得夠仔細沒有？你會翻查多少不同類型的字典？你是否忽略了一些前文提及過的東西？你是否忽略了一些片語或成語？你有否參考不同註解、作者背景、故事背景等等有關資訊？」

例如約翰彌爾頓的《失樂園》（Paradise Lost），我家最少收藏五部不同版本。身為老師，必須身先士卒，擴闊自己的認知領域。如果教一部書，連身為人師的你都看不懂，教學生瞎猜，那麼人家要你這個所

謂老師來做幹嗎？

　　我堅持教小朋友用實體字典，從小養成書卷氣。假如你貪方便，過早將手機交予他，後果你自己可以想像。

　　態度，決定你最少八成命運。有些不負責任的老師，竟視字典為敵，寧教小朋友玩推理遊戲。這種懶人教學法，教壞細路之餘，我十分懷疑該老師教學的資格和能力。不幸遇上這類老師，將白白斷送你一整個學年。

　　與其碰運氣，還不如靠自己。

　　不過，教育局追魂信件定期來襲，我明白，在家教學，只能夠維持一年，還得在新學年前替兒子找到一所新學校。而且，五年級成績關乎中學派位，大部分學校都拒收插班生。身為人父，必須先天下之憂而憂，惟恐時辰到，落得背負李家千古罪人之名。

　　新學年之前，我終於替小兒找到一所新學校，報讀五年級。

　　初時，據他形容，新同窗見他來自離島，總帶幾分有色目光。

　　我勉勵道：「宰相肚裡能撐船，要論貨真貨假，此刻天色尚早，待考試過後，先敬羅衣的人自會悔悟。」

　　又說：「莫高估了別人，低估了你自己。」

　　數月後，他考試名列全級第二，同學又說：「也不足為奇，五年級上學期，你不是去年讀過兩個月嗎？」

　　年終考試，他名列全級第一，同學們終於心服口服。

　　一向不參與他學校事情的我，抽空出席了他的頒獎禮，亦是我多年來首次出席他的學校活動。

　　兩年後，他提前數月獲得一所甲等中學青睞，我自覺今是而昨非。成績，其實我半點不在乎，在乎的是我和兒子共同奮鬥的過程，和身為一個有血有肉的人應有的骨氣。

　　父慈於萱，家有敗子。信不信由你，他測驗考試，我依舊要他練音樂、讀文學、做運動。平日回家，他膽敢用功課來拖延時間，一定嚴懲。

　　向他傳授知識，我從不許他說一個「難」字。他獲獎，我從不盲目讚賞。他未盡全力，得獎也嚴懲！送禮隨心送，但從不因獎項而送，以免養成最無效益的所謂功利主義（除非全世界都是傻瓜，不然騙得過誰？）。

　　而且，我奉勸各位家長，千萬別讓孩子們養成喜歡的事就大幹特幹，不喜歡的事就寧死不幹的墮落心態。學習，是求知識，並非求開心！樂在於志，不在於懶，難道你真的相信那些他媽的紙上談兵的育兒專家，必須請教孩子喜歡甚麼？願意不願意？放屁！現代孩子喜歡甚麼？相信不用我來告訴你，誰都知道，十個裡面，至少十一個都最喜歡玩手機！

　　幼不學，老何為？孩子老來一事無成，將來必定怨你當初為何不好好管教！君不見文化水平越高的家庭，越著重培養孩子的藝術品味和修養？老粗才會只顧自己吃香喝辣叫下一代天生天養！

　　興趣，不一定是先天的，更多人是靠後天培育的。人，是現實的；興趣，是實在的。你學得好，興趣自然來；你學不好，本來有興趣，亦會意興闌珊。無他，即使打遊戲機，誰亦不會樂意將「輸」字變成習慣！

　　雖云身教，親於言教。但很多人不明白，所謂身教，只能算作一記榜樣，並非教學方法。若然把身教視為天書，不願身體力行教育下一代，有若守株待兔；將孩子奉若掌上明珠，更等同自毀長城！

　　假如你認為這是一篇宣揚父愛的文章，那麼你錯了，因為它更像一篇分享何謂知錯能改的文章，誰說不是？從來，我都要求自己，與其飾演他的音樂老師、他的父親、甚至守護神，倒不如將目光放得遠一點，飾演他的人生教練，薪火相傳。

鳴謝

　　多謝栽培我多年的風雅陶笛，多謝我的智慧泉源——黃文錦老師，多謝籌備和策劃本書的芬尼與編輯 Nancy Yung，多謝訪問過我的記者們及沿途支持過我的每一個您。

特別鳴謝

出門靠朋友。寫一本書，肯定非一人功勞，而是一大幫人的功勞。

介紹一下《祝君旅陶愉快》最重要的一位合作朋友 Mike Leung。

梁先生堪稱我整個陶笛生涯的御用攝影師。

無巧不成書，和他結緣，同樣因為陶笛：梁先生是一位陶笛愛好者。

十年前，我的臉，像個發水麵包；肚子，像半個氣球。

十年來，他用盡心思拍好我，我克己瘦身「協助」他。他看著我越減越瘦，我看著他越拍越有大師風範。

這種互動，勝過人間無數。

他這個人，十分特別，並非全職攝影師，卻毫無疑問是我最欣賞的一位。因此，每逢重要時刻，我例必找他幫忙幫忙。

我這人呢，異常挑剔，從不懂口下留情，還記得我當年拍結婚照，選照片那天，我當著眾人面，把那位自稱黃老師的全職攝影師狠狠地臭罵了一頓！

但對梁先生，我只有誇，沒有彈，一字，棒！
（Ichiban）

祝君旅陶愉快

作者：李文聰 Lee Ocarina
攝影：Mike Leung
髮型：King Wan
設計：4res
編輯：Nancy Yung

紅出版（青森文化）
地址：香港灣仔灣仔道一三三號卓凌中心十一樓
出版計劃查詢電話：(852) 2540 7517
電郵：editor@red-publish.com
網址：http://www.red-publish.com

香港總經銷：香港聯合書刊物流有限公司
　　　　　　香港新界大埔汀麗路 36 號中華商務印刷大廈三字樓
台灣總經銷：貿騰發賣股份有限公司
　　　　　　新北市中和區中正路 880 號 14 樓
　　　　　　(886) 2-8227-5988
　　　　　　http://www.namode.com

出版日期：二零二二年七月
圖書分類：散文
國際標準書號：978-988-8743-84-1
定價：港幣 188 元正／新台幣 750 圓正

祝君

旅陶

愉快

十七歲那年，我贏得DJ比賽，當了兩星期見習DJ，跟三位主持人一同主持節目。兩星期後，經理說打算給我機會，跟另外兩位見習DJ主持一個長達半年的節目。可惜我考A-Level在即，無奈說不，兒時夢想正式宣佈壽終正寢。那段日子，我負責報天氣，口才出眾的崔建邦，當年是一位交通新聞報導員，經常陪我聊天。臨別，他指著我笑罵：「你那麼快就不幹了？有無搞錯！」

當見習DJ第二天，有機會跟翌年的「最受歡迎男歌手」得主許志安做訪問。他不單沒看不起我這位學生哥，還於休息時間陪我這個足球迷「講波經」，至今對他十分感謝。

歌手側田陪同一位熱愛陶笛的朋友光顧
Lee Ocarina Café，我找他合照，他指著
小兒：「好，預埋佢！」

相識於庇護工場,文中多次出場
的芬尼。

二零一三年，「風雅陶笛」發行第一支香港人簽名陶笛——Lee Ocarina。

二零一五年攝於上海舉行，雲集世界各國陶笛好手的
「風雅國際陶笛節」，我代表香港走紅地毯。

獲邀參與阿祖主持的《調教你男友》節目。

祝君

旅陶

愉快